東野圭吾
袁斌——譯

以眨眼乾杯

ウインクで乾杯

以眨眼乾杯

ウインクで乾杯

目錄

第一章

因為她有相當重要的目的

1

深藍色的藍寶石周圍鋪滿小小的鑽石，中間以黃金連接，細緻典雅的項鍊、戒指、耳環、手鍊套組，總計七千四百三十萬圓。

在旁邊的是紅寶石、鑽石還有水晶組合而成的項鏈，兩千八百萬圓。耳環，一千萬圓……

雙層玻璃的內側彷彿是另一個世界，一顆小小的石頭比一個人還值錢。但這也沒辦法，因為它們是這麼地美麗。

輕聲歎息的同時，香子注意到自己映在玻璃上的倒影。她今年二十四歲，雖然身材不夠豐滿性感，但身體曲線還算漂亮，最近皮膚狀態很好，很容易上妝，所以化妝方式特別強調細長的眼形，讓整個人看起來很清新自然。

在櫥窗前搔首弄姿的時候，店員投來了異樣的眼光。店員身穿白上衣黑裙，臉長得很像狐狸，而她的眼神彷彿在說，真討厭啊，又有窮人一臉豔羨地在那裡盯著看了。香子直接對著她扮了個鬼臉，轉身離開。

總有一天，我會變成客人進到店裡把它買下來的。她無數次在心裡發誓。我要穿上五千萬圓左右的皮草，帶著漫不經心的表情走進店裡，然後看著「它」。對，就是「它」，那條以藍寶石和鑽石為主，配上紅寶石和祖母綠的項鍊，戴起來就像胸前垂掛著巨大的星星。成套的還有手鍊、戒指和耳環。戒指的藍寶石有二二．七六克拉——小數點也記得清清楚楚。這些全部都要，多少錢呢？狐狸店員一臉諂媚地回答：好的，呃，總共是八億圓。八億？沒想到還有點貴呢——這種情況，一般不會說便宜的。可以打個折嗎？六億就好。不行嗎？果然。那沒辦法，就八億吧，幫我包起來……

這種事情應該不會發生吧？

八億真是個遙不可及的夢。雖然也是作夢啦，但還真希望能豪爽地買八百萬左右的東西，不需要下很大的決心，而是像在市場買南瓜一樣輕鬆地買下來，這應該也是不會發生的吧。

不會發生的。香子自己也明白。

至少光憑自己一個人是不可能的，可是如果能借助外力，或許還有點希望。

——好，加油吧。

懷著二二．七六克拉的夢，香子打起精神加快了腳步，整一下外衣，從銀座中央通左轉直行。

前方就是她今天工作的地方——銀座皇后飯店。

2

進入飯店，到櫃檯詢問準備室的房間號碼。「我是邦比宴會設計的員工。」「二〇三和二〇四號房。」櫃檯人員機械似地回答。

看了一下時鐘，五點十五分，今天的派對從六點開始，剛好來得及。

進到了二〇四號房，沒看到業務人員的身影。「米哥在隔壁喔。」面熟的打工女孩子這樣告訴香子。

輕輕敲了二〇三號的房門，業務人員米澤前來開門。戴在他蒼白臉上的金框眼鏡有光芒閃過。

「小田小姐，妳又是最後一個耶。」

「不好意思啦，電車太擠了。」

「亂講，電車很擠跟這沒關係吧。」

米澤稍微調整了眼鏡的位置，開始在手邊的文件上寫東西，據說這是在做工作態度的考核，但實際上在寫什麼，誰也不知道。

香子避開米澤的視線，熟練地換上制服。白衣黑裙，怎麼看起來好像之前珠寶店的狐狸店員。服務有錢人的時候，不管什麼工作，大概都是穿這樣吧。香子一邊想著一邊補妝。

「妳知道嗎？」

剛進公司三個多月的繪里靠過來低聲說道。她是位身材高䠷，英語也非常流利的美女。

「今天的派對就是那家『華屋』舉辦的吧？」

「『華屋』？真的嗎？」

香子頓時眼睛一亮。

「好像是喔。我想香子應該會很有幹勁吧，之前不是一直很期待嗎？」

「沒錯，我精神都來了，既然知道了，就要更仔細化妝才行。」

「我還是頭一次遇到『華屋』的感謝派對。雖然聽香子說過有點期待啦，但真的有什麼了不起的人會來嗎？」

被繪里這麼問，香子呵呵地笑了。

「也不是這樣啦，其實是有我喜歡的人。」

「哦，原來是這樣。又有錢、長得又帥。」

「而且還很懂珠寶——這才是重點喔。」

香子從不同的角度檢視鏡中的自己。覺得滿意之後合上了化妝盒。

「全部的人都準備好了嗎？」

米澤邊看手錶，邊用女人般尖細的嗓音喊道。即便與三十名接待小姐擠在一間小房間裡，這男的好像也沒有任何感覺。比起女孩子穿著內衣走來走去，他似乎更在意大家是否到齊了沒有。

「現在離開始還有三十分鐘。請大家要好好接待。我會幫忙看好貴重物品的。」

隨著米澤的聲音，香子和其他邦比宴會設計的接待小姐紛紛向會場走去。

「華屋」是日本數一數二的珠寶店。以東京為根據地，全國各地如大阪、名古屋、札幌、福岡等地都有分店。香子來飯店之前駐足停留的那家店，也是「華屋」的銀座分店。

每年「華屋」都會在這間皇后飯店舉辦兩次感謝派對。而且只邀請頂級的客人，不外乎是一些董事長夫人、醫院的院長太太、藝人，或政治人物的妻子和女兒。香子今天是第二次，但上次來的時候就對他們高明的作法感到欽佩不已。

受邀參加這場派對是一種身分地位的象徵，這些貴婦會全身配戴「華屋」的珠寶出席。女人之間自然會因為這樣而燃起戰火。「區區一個三流女演員，手指上居然戴著祖母綠」、「哼，都已經是皺巴巴的老太婆，還戴這麼誇張的鑽石項鍊」，每個人心裡不免會這樣想，最後就會想著下次一定要戴些更厲害的東西過來。

所以「華屋」又會大賺一筆。賺得差不多了，就再以回饋顧客的名義舉辦感謝派對，在火花四散中，又賣出更多的珠寶——這就是「華屋」的作法。

當然她們的丈夫也不見得都負擔得起。也會有妻子雙眼充血地打量別人身上的珠寶，先生則一臉苦相地站在一旁。這種場面今天也隨處可見。

這類派對就是香子她們邦比宴會設計接待小姐的工作場所。

端上兌好的酒、往盤裡盛上菜肴、或是幫忙倒滿啤酒、聽一些無聊老頭子抱怨。香子不斷重複做著跟平常一樣的工作。

但是，她的心情卻跟平日大不相同。

因為她有相當重要的目的。

她慢慢往某張桌子靠近。她鎖定的對象就坐在那裡，可能會幫自己實現夢想的人。

可是那張桌子已經有別的接待小姐在服務，情況不太妙。原則上今天是一張桌子一個人服務。香子只好一邊從中央的桌子取菜，一邊伺機而動。

沒多久，那位接待小姐就離開了。香子立刻走近，向他遞出自己端來的菜餚。

「要不要來一點呢？」

不能露出那種討好人的低級笑臉，只是嘴角微微上揚。

「啊，謝謝。」

他接過料理，放在自己的面前。看他正在喝啤酒。香子連忙拿起酒瓶，「請用。」替他倒酒。

喝了一口啤酒之後，他開口跟香子攀談。

「咦，我記得之前也在這裡見過妳？」

終於想起來了嗎？香子鬆了一口氣但還是先笑著裝傻。

「是嗎？」

換作是平日的話，她就真的裝傻到底不理對方，但今天可不能這樣。

「是啊。上次也是在這個派對。當時我不小心把威士忌之類的飲料打翻了，妳不是立刻就過來幫我擦乾淨嗎？」

「啊，這麼說來……」

這裡要裝出剛想起的樣子。其實她當然記得，反而是對方沒記清楚。當時是香子碰到了他的手肘才把酒打翻的，當然是故意這麼做的，這都是為了要與他攀談而不顧一切使出的手段。

也因為這個小手段，讓他今天主動跟香子聊天。

但之後的進展就不太順利，因為接待小姐不能花太多時間只服務一位客人，主任接待員會隨時留意香子她們的工作狀況。主任是資深的江崎洋子，儘管她正在對付難纏的議員夫人，還是隨時盯著香子她們的一舉一動。

正在想辦法的時候，一名身材微胖的中年男子開始跟他聊天。香子在為周圍的客人服務的同時，也不忘與那張桌子保持一定的距離，這樣才不會錯失任何可以採取行動的珍貴機會。

他的名字是高見俊介，聽說是高見不動產的總經理，但年紀也不過三十出頭。香子之所以對他感興趣，是因為在上次的派對聽到他還是單身，雖然不是沒有結過婚，但妻子在幾年前就生病過世了，所以並不構成扣分的理由。

他會被邀請出席派對的原因，不是因為他是「華屋」的頂級顧客，而是他曾在開分店的時候幫過一些忙。

高見不動產的小老闆喔——告訴香子這些八卦的人這樣形容他，一副運動員的身材，配上濃眉且線條堅毅的臉龐，光就外表而言，他也很符合香子的喜好。

「能麻煩妳再給我一杯蘇格蘭威士忌嗎？」

當香子怔怔地發呆，眼前突然出現了一位非常巨大的男子。一張極大的臉，卻配上小而細緻的眼鼻，身上穿著一點都不適合他的白西裝。

他是健三，「華屋」社長西原正夫的三兒子。扶不起的阿斗，有一位客人在背後這樣罵他，不知道是真是假。

香子端來蘇格蘭威士忌，健三一直盯著她的臉看，然後用一種在跟酒店公關小姐搭訕的方式問：

「妳長得很漂亮嘛。叫什麼名字啊？」

「您過獎了。我的名字不足掛齒。」

雖然像黑幫電影的臺詞，但是被人問起名字的時候，就要這樣回答。

「告訴我名字又有什麼關係。下次有機會要不要一起吃個飯？」

「真是不敢當，有這樣的機會請您還是留給其他出色的女性。」

「妳也很出色所以我才會問嘛。」

就在香子想著如何回絕的時候，一名穿著深藍色三件式西裝的男子來到健三的身旁。看起來比健三稍微年長，顴骨凸出，目光非常銳利。

「山田先生的夫人到了，請還是過去打個招呼比較好。」

聽他這麼說，健三露出一副厭煩的表情，不大情願地點點頭，跟著這名男子後面離開。

香子又再次回到高見俊介的桌子。

其實「華屋」的三公子也不錯，年紀和高見俊介差不多，也很有錢，更重要的是好像是很容易就可以拿到珠寶。

只不過他真的不是香子生理上可以接受的類型，感覺就像女性雜誌常寫的「最不想做愛的對象」，嫁給有錢人雖說是香子的夢想……

她的理想對象高見俊介正在和一位銀灰色頭髮、深具魅力的中年紳士交談。派對剛開始時介紹過，所以香子知道，他就是「華屋」的副社長，西原家的長子昭一。儘管他的年紀比健三要大上許多，約莫四十五六歲，臉上卻沒什麼皺紋。站在昭一身旁的那位和服美人，應該就是副社長夫人。至於西原家的次子，好像人在國外。

高見和西原副社長正在聊有關名古屋分店的事。

八點整西原正夫社長致辭後，派對結束。香子她們再次回到了二〇三號房。

「謝謝，辛苦了。」

米澤帶著一臉讓人不舒服的媚笑，出現在眾人面前。

「『華屋』那個三少爺，真的很白癡耶。」

解開被稱為「夜宴」的接待小姐髮型，淺岡綾子邊梳著長髮邊說道。綾子是那種略微豐腴、有點愛管閒事的類型。

「只要看到年輕女孩，就一個一個跑去跟人家搭訕，因為都沒人理他，最後居然還跑來約我們這些人。」

看來並不是只有香子被搭訕。

「是有聽說他是個扶不起的阿斗，但在『華屋』還不是擔任重要的職務？」

回想自己在派對聽到的，香子說道。

「也是啦。以後關西方面聽說都要交給他，雖然說是別人的事情，還是不免會擔心這樣可以嗎？不過有個能幹又忠心的部下跟著他。不是有一位穿深藍色西裝、身材削瘦的男人，一直跟在他身邊嗎？」

「啊啊，是有這個人。」

香子想起了那個人犀利的目光。

「他是專門作檯面下工作的人，名叫佐竹，只要有他在，應該就不會有什麼問題吧。」
「嗯，真奇怪。既然這樣，全交給他不就好了？」
「就西原社長的立場來說，還是希望讓三個兒子來繼承吧。父母的私心嘛。」
反正都跟我沒關係，綾子。說著站了起來，「我先走了嘍，掰掰。」
「再見。」
香子想到了高見俊介。高見不動產似乎也是家族企業。俊介該不會也是董事長的兒子之類的吧？
沒頭沒腦的地想了一陣子，回過神來發現同事都已經走得差不多了。只剩下香子和繪里，米澤則很無聊地在一旁抽著菸。
「你可以先走沒關係的，」香子對米澤說：「我會把鑰匙拿去還給櫃檯。」
「是嗎？那就拜託了。」
米澤抱著皮包起身，帶著令人作嘔的笑容，走出了房間。
「我們也該回去了吧？」
香子把塞著衣服的包包背到肩上，低頭看著繪里。繪里還要一段時間，香子又放下包包，去了廁所。
等她從廁所出來後，繪里已經整理好在等她了。
「走吧。」繪里說。

「嗯。沒有忘記什麼東西吧？」

香子在室內大致看了一圈並拿了鑰匙。繪里先打開門等香子。

「ＯＫ，沒問題了。」

等香子走出房間，繪里就關了門。房門是自動鎖，這樣就鎖上了。

把鑰匙交到櫃檯後，香子和繪里一起往門口走。不經意看了Lounge，香子停下了腳步。

高見俊介就在那裡，自己一個人喝咖啡。

「抱歉，我要先走了，想去跟一個人打個招呼。」

聽香子這麼說，繪里雖然露出狐疑的表情——

「好吧，那下次再聊。」

說完便朝門口走去。確定她已經走遠看不見以後，香子便往Lounge走去。

她故意選擇離高見稍遠的桌子，點了咖啡。之後裝出一副若無其事的樣子看了一下四周。

立刻就與高見四目相接。儘管有點意外，他還是對香子露出笑容。香子也輕輕點頭回應。

「又見面了。」他主動開口，「在等人嗎？」

「不是，只是稍微休息一下。」

回答之後，香子也提出了同樣的問題：「您在等人嗎？」

「是啊，只不過對方卻是男性。還要等一陣子，我正開始覺得無聊。」說著高見看了錶，「約好九點十五分，還有四十分鐘。不嫌棄的話要不要過來一起坐呢？」

好機會，香子心想。

「嗯，可以嗎？」

「請坐，請坐。像妳這樣的美女永遠都可以喔。」

高見伸手做出了邀請她坐到對面的動作。

「那就不客氣了。」

香子移到高見的桌子。絕對不能放過這個機會。

「工作很辛苦吧，女接待員有時候也會遇到一些討厭的客人吧。而且總是要禮讓客人？」

「是呀，不過我已經習慣了。」香子啜了一口剛端來的咖啡，問道：「您是……高見先生吧？」

「正是，妳竟然知道呢。」

高見看起來很開心。

「我曾聽人提到您——您要等的人，是跟工作有關的人嗎？」

「嗯，算是吧。不過難得可以跟美女在一起，倒希望他晚點再來呢。」

高見爽朗地笑了。香子卻不能把它當成笑話，她一定要藉這個機會，讓他對自己留下印象。

「高見先生似乎很了解古典樂？」

香子問道。她曾在派對上聽到他與其他人聊過。

「只是懂一點皮毛而已，」高見有點不好意思，「不過很喜歡喔。工作到很累的時候，聽古典樂很不錯。偶爾也會去聽音樂會，最近才去聽了ＮＨＫ交響樂團的表演。」

之後他便很熱烈地談著古典樂的優點。雖然香子不太懂，但也能適當地附和。由於工作的關係，她很擅長對自己不太懂的事情做一些回應。

古典樂之後，聊了音樂劇，又聊到旅行。他每年似乎都要出國好幾次。

意外地聊得很開心，但高見要等的人也意外地早到了。九點剛過，他便看著遠處，輕輕點了頭。香子往那邊看過去，一位身材矮小長得像狸貓的男子揮著手朝這邊走來。

「飯店的斜對面有家名叫『With』的喫茶店。可以的話，能先到那裡等我一下嗎？我和他這邊大概只要三十分鐘就能結束。」

高見對著香子低聲說道。香子雖然只是輕輕地點了頭，內心卻早已雀躍不已。

她對著像狸貓的男子點頭致意，之後便起身離開。她遠遠地聽到狸貓問高見：「做什麼，這個女的？」卻沒聽到高見的回答。

香子最後又再一次回頭看他們。高見開始專心和狸貓交談，看來已經沒有在注意她。

除了他們兩位，Lounge裡就只有三個客人。一對情侶和一名男子。看到那名男子的臉，香子不由得停下腳步。

是那位穿深藍色西裝的男性——名字應該是佐竹。佐竹眼窩深陷的眼睛一直在盯著高見他們。正看著他的香子，突然與他的目光交會，毫無感情的眼神，讓香子感到背脊發涼，連忙避開他的視線，快步向門口走去。

「With」在長毛地毯上排放著玻璃桌，整體氣氛就像是用來等人的店。香子點了柳橙汁，膝上擺了一本翻開的古典音樂入門書。因為這家店的隔壁就是書店，很快地買了這本書。雖說是臨陣磨槍，但總比什麼都不做好。

看了二十幾頁，正當香子開始感到無聊的時候，店內忽然變得有點吵雜。因為這裡是二樓，客人全都看著窗外。她也跟著伸長脖子往外看，只見銀座皇后飯店的門口停了好多輛警車。

——發生了什麼事嗎？

正當香子這麼想的時候，突然聽到服務生喊：「請問小田小姐在嗎？」香子舉起了手，有她的電話。

「喂，香子小姐嗎？」——果然是高見的聲音。聲音聽起來好像有什麼很嚴重的事情。

「發生了什麼事嗎？」

香子問道，心中有種不好的預感。

「很嚴重呢，有人死在飯店的房間裡面。現在亂成一團。會打電話給您，是因為我想您可能認識死掉的那個人。」

心臟猛跳了一下。

「怎麼會……」

「不對，應該是認識的。聽說是今天派對的接待小姐，好像叫牧村。」

「……」——無法發出聲音。

「總之，請您還是先過來這邊比較好。喂小田小姐，聽得到嗎？」

香子握著聽筒，感到嚴重的耳鳴。過了一會，她才明白那不是耳鳴，而是心跳聲。

牧村——

那不就是繪里嗎？

3

進到飯店，就看見警察們表情嚴肅地到處轉來轉去。飯店工作人員則是驚惶不已，完全不理會其他的客人。

香子來到櫃檯前，高見便立刻趕到她的身旁。雖然在短時間之內，兩人的關係變得出乎意料的親近，現在香子卻無法為此感到高興。

「警方現在正在跟相關人員問話，您也過去一下比較好。」

香子點頭聽從他的建議。

「怎麼會死？到底是怎麼回事？」

香子哽咽地問，高見只是搖頭。「我也不大清楚。剛才這裡突然一陣騷動。」

「是在哪一個房間？」

「好像在二〇三號房。」

「二〇三？」

「對呀，確實是這麼說的。」

二〇三……

奇怪了。香子暗忖。那不就是我們之前當作準備室使用的房間嗎？繪里怎麼又回去了？而且還會死在裡面？

香子跑著上樓梯，只見之前當作準備室使用的房間前面，聚集了一群神情嚴肅的男子。香子一靠近，就有穿制服的警察叫住了她。

香子說明了自己與繪里的關係後，警察就消失在人群中。隨後帶來一名理著平頭，體型像柔道選手的中年男子。

「我是築地警察署的加藤。」平頭先自我介紹，「請問您是牧村小姐的朋友嗎？」

「我們是同一家公司的接待員。繪里怎麼了？死掉應該是亂說的吧？」

加藤並沒有回答這個問題。

「總之，我們想跟您請教一些事情。當然，也會跟您說明目前的狀況。」

說著，加藤指著二〇四號房。香子還搞不清楚狀況，只好先跟著刑警走。

二〇四號房裡香子剛在加藤的對面坐下，房門又立刻被打開，走進來一名三十歲左右的年輕男子。身材高大，膚色黝黑。

「我是本廳搜查一課的芝田。」年輕男子自我介紹之後，吸了吸鼻子，「有女人的味道，而且人數還很多。」

「現場和這間房間之前都用來當作接待小姐們的準備室。沒有聽說嗎？」

芝田連連點頭表示了解，說了句「原來如此」，便在旁邊的床上坐了下來。加藤咳了一聲，又再次看著香子。

「剛才，正確的說法是九點四十分左右，隔壁二〇三號房發現了屍體，死者是牧村繪里小姐。」

「繪里怎麼會死呢？」

香子問道。她發現到這個問題從剛才到現在已經問了好幾遍。

「死因是中毒。」

加藤的聲音聽起來有點遲疑，「可能是氰酸化合物。最近這東西常被使用。受電視和書的影響，連外行人也知道這東西。」

「那種毒藥……那麼繪里呢？」

香子突然提高了音量，「她是被殺的嗎？」

加藤有點嚇到，芝田彈跳了十公分左右。加藤搖了搖手。

「不是的，這一點還不清楚。」

「接下來我們會調查。」

芝田邊掏耳朵邊說：「這是我們的工作。」

香子盯著加藤的臉說：「想問什麼就問吧。」

「按順序問吧，」加藤說：「今天您和牧村小姐一起工作，對吧？工作的時候，牧村小姐的樣子有沒有什麼跟平常不一樣的地方呢？」

「我覺得沒有。」

香子回答說，至少她沒有注意到。「今天是『華屋』的派對，她看起來也很期待。」

「哦？為什麼會期待呢？」

「因為是珠寶商舉辦的派對，那麼客人自然會佩戴高價的珠寶出席，光看到就很開心啊。」

「女人就會迷這些無聊的東西。」

聽到芝田的嘲諷，香子狠狠地瞪了他，「珠寶可不是什麼無聊的東西。」

香子的氣魄讓芝田睜大了眼睛。加藤也怔怔地張大了嘴巴，然後又再咳了一聲。

「下班後的情況呢？」

「也沒什麼特別的。我和她是最後離開準備室的，把鑰匙還給櫃檯後，我們就各自走了。也沒有特別說什麼。」

「分開之後，您去了哪裡？」

「我嘛……」香子稍稍猶豫了一下，「到Lounge去喝了茶，因為當時有點累……結果碰巧遇到認識的人，就聊了一下了。」

雖然沒有說謊，但「碰巧」這兩個字，說來有點心虛。

當然刑警就會接著問那個認識的人是誰，儘管不想給對方添麻煩，香子不得已還是說出了高見的名字。聽到對方是高見不動產的總經理，刑警們的眼神稍微改變。

「和您分開的時候，牧村小姐有沒有提到她接下來要做什麼呢？」

「什麼也沒說。我以為她會直接回家。」

「她平日都是這樣嗎？」

「大部分都是。」

「沒有去跟男人見面嗎？」

芝田的問法很不禮貌。從「跟男人見面」這句話，可以聽出他對香子她們的工作的輕視，「不知道。」香子故意冷淡地回答。芝田似乎想說什麼，但香子決定不理他。

「有交往的人嗎？」加藤溫和地問道。

香子搖搖頭，「真的不知道。雖然說是她的朋友，但也就只是在工作的前後比較熱絡的聊天而已，私底下幾乎沒有見過面。」

嗯，加藤用小拇指搔了搔鼻頭。

「最近牧村小姐的狀況如何呢？有沒有什麼煩惱？會不會常發呆？有沒有這類的情形呢？」

「嗯嗯……」

香子覺得這問題很難回答。任何人都會有發呆的時候，反倒是從不發呆，才奇怪吧。

「我覺得沒什麼特別。」

考慮之後，香子這樣回答。刑警也似懂非懂地點頭。

「換個話題。邦比宴會設計的社長是丸本久雄先生吧？他是個怎麼樣的人呢？」

「怎麼樣嗎……年紀應該是四十歲出頭，臉很長，戴著眼鏡，一直讓人覺得油膩膩的……」

「他的女性交友關係怎麼樣？」芝田迫不及待地問道。

「他出手很快。」香子回答，「我們每個月都會開一次一般常識的研討會，只有那時候才會見到社長，據說每次開會，他都會藉機認識女孩子，不過我倒是沒被他找過。」

「現在有正在交往的女性嗎？」加藤問。

香子側著頭想了一下：「我不知道，應該有吧。為什麼要問社長的事呢？」

「呃，這個嘛……」加藤有些猶豫，話只說一半，他轉頭看芝田。芝田轉向另一邊不說話。加藤又把目光轉回香子身上，「其實丸本先生就是發現屍體的人。」

「社長？社長怎麼會到這裡來？」

香子睜大了眼睛，來回看著兩名刑警。一般社長是不會到派對會場來的。

「嗯，可能有各種原因吧。」加藤用安撫人的語氣說，「總之，是丸本先生和飯店的服務生發現的。」

「我可以問個問題嗎？」

「請問吧。」

「為什麼繪里會在二〇三號房裡呢？她和我一起離開房間的。」

「因為她又回來了，」加藤說：「和您分開之後，她又回到這裡來。」

「為什麼？」——這點香子很想知道。

但加藤沉默了半晌。

「這事牽涉到個人隱私，不能隨便告訴別人。」

「總有一天，妳也會知道的，」芝田說：「但我們不太方便說。就是這樣。」

聽了芝田的話，加藤露出了苦澀的表情。看來這才是他們的真心話。

「那麼，再告訴我一件事。繪里是自殺嗎？還是被人殺死的？」

「剛才也說過，這一點還不清楚。但就目前的情況而言，自殺的可能性很大。問題在於動機。」

「自殺……？」

這時忽然出現啪吱的聲音，香子嚇了一跳，一看原來是芝田用手指彈了一下記事本。啪吱、啪吱、啪吱。之後他就盯著自己的指甲。

「呃……」加藤搔搔他的平頭，雙臂交叉，「沒有要問什麼了吧？」

似乎是在問芝田。他轉過頭看著香子。

「牧村小姐會喝酒嗎？」

「酒嗎？這個嘛……」香子想了想，「應該不大會喝，大概只能喝一杯啤酒。」

「這樣嗎？」芝田點點頭，看了加藤一眼。「我這邊暫時沒有問題了。今後也還是可以常見面吧。」

他的話聽起來似乎別有深意。「說得也是。」加藤點頭道。

走出房間，香子腳步蹣跚地通過走廊，走樓梯來到大廳。就在往門口走去的時候，眼前突然一暗。

「被問話的接待小姐就是妳嗎？嘿，是妳嗎？」

是「華屋」的阿斗西原健三。香子腦袋還沒轉過來就先回了話，還本能地擠出笑容，但隨後便收了回來。

「西原先生您還在這裡啊？」

「是啊。我剛和重要的客戶在頂樓的酒吧喝酒，正準備換一家，就遇上這場騷動。還要我拿出身分證明，真麻煩。」

所以才會這麼亂嗎？因為警方要確認所有客人的身分。

「結果咧？真的是殺人事件嗎？」

香子瞪了健三。

「我什麼都不知道。」

「是嗎？妳住哪兒？我送妳回去。」

「不勞您費心。」

香子想要快點離開，健三卻依舊死纏爛打。

「別客氣啦，喂，妳……」

穿深藍色西裝的佐竹突然出現在兩人面前。香子也吃了一驚停下了腳步。

「常務，副社長找您。」

「大哥嗎？」健三一臉不耐煩，「沒辦法。那就下次吧。」

說完他便和佐竹一起走了。

剛走出飯店的玄關，一輛黑色的Century在香子面前停了下來。後車門被打開，高見俊介探出頭來，「讓我送您回去，請上車吧。」

香子當然毫不猶豫就接受了高見的好意。

「真是可怕的遭遇。情緒有比較穩定了嗎？」

「嗯，好多了。」

車子發動時，香子又回頭看了一下飯店，正巧看到邦比宴會設計的社長丸本久雄走出來。彎腰駝背，一臉憔悴的樣子。

在回高圓寺的公寓的路上，高見幾乎沒說什麼話。他只問了香子肚子餓不餓，明天要不要上班。香子回答沒胃口，明天當然還要上班。

「我會再跟妳聯絡。」臨別之際，高見說道。

回到屋裡，香子沒換衣服就倒在床上。一種與失去朋友略微不同的悲傷正不斷地將她的內心掩埋。繪里是一個人，自己也是一個人。自己死去的時候，或許也有類似的談話，然而卻沒有人知道關於自己的任何事情。

淚水流過臉頰。於是香子脫下衣服鑽進被窩，然後小聲地哭了起來。

第二章

廉價小說情節般的死法

1

聽到叮咚的門鈴聲音，香子醒了過來。昨晚就這樣睡著，反而一反常態睡得很飽。但是腦袋還是跟平時起床一樣昏昏沉沉。慢吞吞地套上毛衣，踩著拖鞋邊向著玄關走去。確認門鏈掛著之後，打開了房門。

「請問是哪位？」

「不好意思。我剛搬到隔壁，可以借您的電話用一下嗎？」

男子的聲音聽起來很年輕。

「電話嗎？」

揉揉眼睛看了對方的臉，咦，香子有些驚訝地想。這張臉哪裡見過，黝黑的膚色還有點印象。

「咦，」對方也有些驚訝，「妳不是昨天的接待小姐嗎？」

「啊，是昨天的刑警先生。名字是……我忘記了。」

「我叫芝田。妳怎麼會在這裡呢？」

「我怎麼會……」香子抓抓頭髮，「這裡是我家啊。」

「是喔？」

芝田看著門牌點點頭，「真的耶，有寫『小田』。」

「刑警先生搬到我隔壁了嗎？」

「對呀。還真是有夠巧。做刑警這一行雖然會遇上各種人，但竟然會碰上這種事，真了不起。」芝田有點感動地說。

「彼此彼此。」

「有刑警住在隔壁讓人很放心呢，這裡有時會有可疑男子出沒什麼的，還請多關照。」

香子關起門，想著怎麼這麼巧，回到床上。敲門聲再次響起。香子再一次打開門。

「電話。」黑面芝田說道。

「啊，對喔。」

香子關上門，解開門鏈，把對方讓進屋裡。電話在廚房的吧臺上。趁著芝田打電話的時候，香子開始泡咖啡。

芝田似乎是打到警署，解釋會晚一個小時到，可是我昨天和今天都請好假了耶，因為要搬家，昨天家搬了一半就被叫出去。對呀，家具還隨便堆著。我也是有一兩件家具的啦。就一個小時。三十分鐘什麼都不能做啦。現在連睡覺的地方都沒有——芝田交涉好後，咖啡也沖好了。

「真辛苦啊。」說著香子將咖啡端給芝田。

「啊，謝謝。就是啊。老人家都很不講理。如果沒有早點起來去繞一繞就覺得工作不認真——嗯，咖啡很好喝。」

香子端著自己的咖啡，在地毯上坐了下來。

「這麼忙，是因為昨天的案子嗎？」

「是啊。但也不是太複雜啦。最後應該會以自殺結案吧。」

「自殺嗎？」

「還不大清楚。不過從目前狀況來判斷，也只有可能是自殺了。」

香子看著咖啡杯裡的液體。昨天晚上自己和高見在Lounge喝咖啡的時候，繪里究竟遇到了什麼事呢？

「吶，」香子說：「昨天你們不是有很多事都沒告訴我嗎？現在也不能說嗎？」

「我是不覺得有必要瞞著妳啦。妳想知道什麼？」

「全部啦。我全都想知道。」

「好吧，就當做是咖啡的回禮。」

說完，芝田將咖啡喝得一滴不剩。

「妳最後見到繪里小姐是九點之前，對吧？在飯店的櫃檯前分開。」

香子點點頭。

「可是九點過後她又回來了。根據櫃檯人員的說法是，大概是九點二十分左右。邦比宴會設計的牧村，有東西忘在房間，想借一下二〇三號房的鑰匙——她這麼說，然後拿到房間的鑰匙。」

東西忘了大概是說謊吧。香子心想。當時還特別檢查過，應該沒有什麼東西忘了拿。

「之後過了大約二十分鐘，一名男子到櫃檯詢問是不是有一位叫牧村的女子來借過二〇三號房的鑰匙。這個男的就是妳們的社長。」

「丸本……」

「對。櫃檯人員回答確實有這樣一位女性借走了鑰匙。但是丸本社長卻說，他去敲二〇三號房的門，並沒有人應門。櫃檯人員打了二〇三號房的電話，也都沒有人接。於是服務生就帶著萬用鑰匙，和丸本一起到二〇三號房。」

「然後是不是等他們進到房裡就發現繪里已經死了？」

「是這樣沒錯。不過他們當時是弄了半天才把門打開的。」

香子側著頭、皺起眉頭，「怎麼回事？」

「回答這問題之前能先給我一杯水嗎？」香子站起身來，往杯子裡倒滿水，遞給芝田。他好像覺得水很好喝的樣子將它一飲而盡，之後擦了嘴角，繼續說道：「就跟妳剛才開妳房間的門一樣，當他們用萬用鑰匙開門後，就發現門鏈是掛著的。」

2

芝田接著說：

「既然門鏈掛著，表示裡面有人。丸本先生向門縫喊叫，卻沒有任何反應。就往房間裡窺視，結果有點驚訝。因為稍微可以看到牧村趴在桌上。丸本先生想要解開門鏈，卻都沒有成功。不過這也是當然的。於是服務生找來了主管，帶來鐵皮剪，讓丸本社長將門鏈剪斷，門才能打開，然後發現牧村早就已經死了。」

香子緩緩搖頭，把菸灰缸移到身邊。從包包裡掏出一包CAMEL，詢問芝田：「不介意我抽菸吧？」他用眨眼代替點頭，表示不介意。

香子深深吸了一口菸之後，看待事情的方式好像變得不太一樣。聽芝田講話的時候像在作夢，現在她卻覺得自己慢慢能夠接受這樣的現實。

「為了妳好才說的，」芝田說道：「還是把菸戒了吧。真不明白年輕女孩子怎麼會想抽菸。這樣只會讓自己老得更快。」

香子對著天花板吐了一口煙後看著他說：「你是反菸人士嗎？」

「我對禁菸運動沒什麼興趣，只不過像妳這麼漂亮，實在沒必要讓自己變成吸菸的醜女。」

「吸菸的醜女？」

「皮膚變得很粗糙，牙齒裡側變黑。頭髮沾著煙味，呼氣也很臭。特別是在吞雲吐霧的時候，會露出自己看了也會嚇到的癡呆表情。如果煙是從鼻孔出來，被嗆到臉揪在一起的樣子就更絕了。」

芝田做出臉揪在一起的樣子給香子看。

「呵呵。」香子輕輕笑了，盯著芝田的眼睛下方。

「聽你罵得這麼順該不會事先練習過吧？好啦，從今天開始努力戒戒看。」

香子在菸灰缸裡捻熄了香菸，抬頭看著他，「然後呢？後來又發生了什麼事？」

「剛才我說到哪裡了？」

「說到他們進到房間找到繪里。」

「找到她之後就報了警。築地署的搜查員先趕到，然後我們這些本廳的人也被叫去。」

「你正在搬家吧？」

「對呀，連裝衣服的紙箱都沒打開呢。」

芝田握拳敲了一下吧檯。

「繪里死時是什麼樣子呢？」香子問道。

「像這樣，」芝田把雙臂放到吧檯上，「趴在桌上，」臉也跟著趴下去，「身旁有瓶空了一半的瓶裝啤酒，杯子滾落在地上。杯子掉在地上的時候，裡面應該還剩不少酒，把地上都弄濕了。」

「是那個杯子有毒嗎？」

「可能是吧。」芝田答道。

香子回想自己與繪里分開時的情形。當時她一句話也沒有說。雖然派對開始前還聊到「華屋」的事，但其實在準備室裡她幾乎也都沒有說什麼。是在那時候就決定要自殺嗎？如果真是這樣，是什麼原因讓她決定的呢？

香子忽然想起自己有件事忘了問。

「還沒有問丸本社長的事。為什麼社長要找繪里呢？」

「因為他們在交往。」芝田乾脆地說。

「在交往？」

「丸本先生和牧村繪里在交往喔，他們昨晚好像也約了要見面。」

「怎麼可能？在開玩笑吧？」香子提高了嗓門，「繪里和社長，那簡直比美女與野獸更糟。」

「但是他們真的在交往。丸本先生自己說的，只不過他拜託我們要保密。昨天他們本來就約好要在先作為準備室使用的二〇三號房見面，所以丸本先生才會過去，結果怎麼敲門都沒有回應，才會去找櫃檯的人。」

「交往，是什麼時候開始的？」

「好像是最近才開始的，大約一個月以前。丸本先生承認是自己先約她的。」

「真不敢相信……」香子兩手摀著臉。

「即使妳想不相信也沒辦法，事實就是這樣。」芝田看了錶，站了起來，「我知道的已經全都告訴你了，再繼續說下去，今晚我就又沒地方睡覺了。」

「等一下，最後一個問題。除了自殺以外沒有其他的可能嗎？」

「所以說——」

芝田用食指搔了一下鼻子下方，「就像我剛才說的，是從房間裡面將門鏈掛著的，這是決定的關鍵。」

「動機呢？」

「還不太清楚……大概是為情所困吧。」

「為情所困？」

說出來後更覺得這與繪里平日給人的印象一點都不合。可是男女之間似乎都會這樣，不是嗎？

「那我就先告辭了。謝謝妳招待的美味咖啡。」

芝田向著玄關走去，卻在中途停下腳步，「只不過，」轉頭對著香子，「我也還沒有完全確定是自殺。」

「嗯？」

「下次有空再慢慢聊吧。」

芝田打開門，走了出去。

3

今晚的工作地點是濱松町的飯店。儘管沒心情，考慮到常常臨時請假可能會被列入黑名單，還是擠出最後的力氣去了。畢竟和大家見面的話說不定能得到一些消息。

準備室裡的氣氛就像是在守靈一樣。明明有二十個人，卻沒有一個人開口說話。每個人都靜靜地換好衣服，化好妝，等待出場。甚至業務米澤也很老實。

今晚的派對似乎是某學會的聯誼會。都是大學教授、副教授、企業的研究室的主持人之類的，一點都不有趣。全都是些中老年人，看起來很不舒服。不過他們看起來倒很高興可以接觸到年輕女孩子，不太正經地一直靠近。

挨過了痛苦的兩小時，回到準備室裡換衣服，綾子湊到了香子身旁。

「你聽說了嗎？繪里和社長在交往。」

香子一臉驚愕地看著她，「你聽誰說的？」

「大家都知道啊，到處都在傳。」

「哎……」

香子有些感慨。之前刑警們說的「即使我們不告訴妳，妳也遲早會知道」原來是這個意思。

「繪里也真傻，居然為了那種男人自殺。男人到處都有啊。」

綾子壓低聲音接著說，連報紙也寫說自殺的可能性很大。

「但也未必就是因為與社長之間的事情才讓她自殺的吧？」

「你還不知道嗎？就是因為和社長之間不順利才會自殺的。」

說到這裡，主任江崎洋子走進房間，綾子連忙閉嘴。洋子的目光從每個人身上掃過，慢慢地坐下來。

過了一會，房間裡的電話突然響起來。米澤接了電話，馬上轉向洋子，「江崎小姐，您的電話。」

洋子訝異地接過電話。香子發現她的表情有點緊張。是、是小聲回答後，她掛上了電話。

出了飯店，香子和綾子一起向著車站走去。

「接著剛才的話——」

綾子很想談繪里的案子，香子當然也是。

「繪里是因為陷入三角關係才自殺的，我覺得她真的很傻。」

「三角關係？」香子邊走邊靠近綾子，「社長和繪里，另一個人是誰？」

綾子突然停下腳步撇了撇嘴。看了下周圍之後，壓低嗓門說道：「妳不知道嗎？消息真不靈通。」

「誰呀？對方是誰？」

「主任。」

「哎？」

江崎洋子？

「已經很久了。」綾子又繼續邁開腳步，「研討會之後，他們兩個就會一起消失。妳真的不知道嗎？」

香子默默地搖頭。她還真不知道這件事。

「我只知道研討會的時候，社長會去跟女孩子搭訕。」

「那只是障眼法，不要被這種小把戲騙了。」

「原來是這樣……」

聽她這一說，倒想起了一些事情。但丸本實在不是香子的菜，所以沒有想到那邊去。

「但是連我都不知道。繪里的事。」

綾子好像自己做了什麼蠢事敲了一下自己的頭，「社長和主任之間的感情很深，所以跟繪里大概只是玩玩罷了。誰知道繪里這麼認真，結果想不開才會自殺的。」

「繪里嗎……我還是不能相信。」

「但是除此之外就沒有其他的可能了啊。」

聊著聊著，已經來到車站，接下來兩個人要往不同方向，揮手道別後，分別坐上了不同的電車。

香子站在車門邊，怔怔地望著車窗外流過的夜景。綾子說的話都是真的嗎？或許多少有些誇張的部分，但應該也不全都是假的。如果繪里像綾子所說的那樣，像廉價小說的情節般死去，那豈不更讓人難過？

4

香子和芝田都沒有察覺，他們剛在飯店門口錯身而過。芝田為了找江崎洋子問話而來到了飯店。之前在準備室裡的那通電話，就是芝田打來的。

經過飯店玄關，左手邊有一間Tea Lounge。兩人約好了在那裡見面。芝田大概看了一下，確定對方還沒有到，便在附近的位置坐了下來。時鐘的時間是八點半。除芝田之外，Lounge裡只有幾個人。

芝田點了杯檸檬茶，等待著對方出現。他想起白天與丸本久雄見面時的情況。他和加藤兩人一起去了邦比宴會設計的辦公室。

辦公室位於赤坂一棟大樓的五樓上，有二十多名員工。其中的幾個人坐在電腦前面。

電話響個不停，大半的員工都忙著應對。

丸本在靠窗座位上，正在填寫一些文件。與昨天憔悴不堪的樣子相比，今天看起來氣色不錯。可是當他看到芝田他們的時候，仍顯得有些狼狽。

兩人被帶到角落一處用簾子隔開的地方。丸本跟一名員工交代了一些事情，後來才知道是請他去端咖啡。

「有幾件事想跟您確認。」

加藤直接開口後，丸本表情僵硬地點點頭。就像小田香子形容的，臉很長而且油膩膩的，五官很平，典型的日本人長相卻很沒氣質。現年三十七歲，可能是駝背的關係吧，讓他看起來要比實際年齡更老。

「你是從什麼時候開始和牧村小姐交往的？」

「這個我昨天不是已經說過了嗎？」

丸本看兩名刑警的眼神帶著些許不安，「大概是從一個月前開始的吧。我約她一起吃飯。」

「所以在那之前都沒有在交往，對吧？」加藤問道。

「對。」

「你正在交往的對象，只有牧村小姐一個人嗎？」

丸本露出錯愕的表情。

「這話是什麼意思？」

「我們是想問，除了牧村小姐，還有在跟其他人交往嗎？」

在一旁的芝田問道，丸本轉頭看了他一眼，又轉向加藤。

「為什麼要問這個？」

「今天早上，見到好幾位貴公司的接待小姐。其中有一個人說你有從很久以前就在交往的對象，對方也是接待小姐。不過她不願意告訴我們對方的名字。」說完加藤鄙夷地看著丸本。「我們想直問你這件事才過來的。那個人應該不是牧村小姐吧？」

丸本掏出手帕，擦了擦出油的鼻頭，之後連眨了兩三次眼睛。

「並不是故意要隱瞞的……」

結果丸本就說出了江崎洋子的名字。兩人交往已經超過一年，因為她是接待小姐的組長，見到面的機會比較多，兩人才變得很熟。雖然丸本還是單身，他們並未論及結婚。

「牧村小姐知道你和江崎小姐之間的事嗎？」

芝田試著問了一下，丸本卻搖搖頭。

「我不知道。本來打算一直瞞著她的，但或許她有察覺到吧。」

「那牧村小姐的事你有什麼打算呢？只是隨便玩玩嗎？」

「不是，不是隨便玩玩，我是真心的。」

「那就和江崎小姐才是假的嗎？」

「不是……」

丸本把手帕揉成一團，「兩邊都是真心的。」

芝田和加藤對望一眼，聳了聳肩。加藤也輕輕歎了口氣。大概是感到氣氛有點不對，

「不過，」丸本說：

「不過我也知道這樣下去不是辦法，所以我下定決心要兩邊都分手。昨天晚上我本來打算先告訴繪里的。」

「哦？」加藤再次看著他，「這可是下很大決心啊。」

「我想只能這麼做。」

說著丸本低下了頭。

江崎洋子在剛好八點四十分的時候出現。身材纖瘦，長髮順著黑色毛衣的肩線流洩而下。想到小田香子和死去的牧村繪里，邦比宴會設計大概都是挑選相同體型的人。

「還要問什麼問題嗎？」

洋子不太友善地開口。因為白天已經有別的搜查員找過她了。根據那位搜查員的說法，洋子說法與丸本的說法大致相同。洋子似乎早就知道丸本對繪里出手，但她認為那不過是逢場作戲。

「只是要確認一下妳和丸本社長之間的事情，有幾件事忘了問。」

芝田說道。其實今天會來這裡是單獨行動。

「什麼事？」洋子依然非常冷淡。

「妳知道丸本先生和牧村小姐之間的事，對嗎？」

「對。」洋子一臉嚴肅，稍微抬高下顎。

「那妳沒有和丸本談過這件事嗎？」

「和他談過？談什麼？」

「就是今後的事啊。沒有吵架嗎？」

洋子呵呵地笑了，從手提包裡掏出香菸。慢條斯理地點火，深深吸了一口之後從鼻孔中將煙吐出。吸菸的醜女。芝田心想。

「那個人，就是會這樣。」

「那個人是指丸本社長吧，會這樣是怎樣呢？」

「只要稍微沾到邊，就會得意忘形。我想他和繪里之間大概也是這樣的。」

「你真冷靜，」芝田看著洋子的眼睛，「好像公開接受男友的花心一樣。」

洋子手指夾著香菸，再次呵呵地笑了。芝田本以為她會說些什麼，結果她就這樣默然不語。

「丸本社長說他決定要同時跟你和牧村小姐分手。」

「好像有這麼一回事。不過他並沒有來找我談分手的事。」

「或許再過兩天就會來了。」

「或許吧。如果這樣那倒也好。」

「那倒也好……分手也無所謂的意思嗎？」

「沒錯，」她叼著菸，冷靜地點頭，「反正他一定又會跑來求我和他復合的。他就是這樣的人。」

然後洋子撇起嘴唇，吐了口煙。

5

案件發生之後第四天。

因為今天晚上沒有工作，香子在家裡聽著音樂。從案發以來，報紙都沒有刊登過繪里的事件。應該已經在哪裡舉行過葬禮，但香子卻連是誰來認領遺體都不知道。打到繪里住的地方的電話都沒人接聽，隔壁的刑警這段時間也一直不在家。

晚上八點，隔壁傳來開門的聲音。之後房門又用力關上，應該是芝田回到家了。

香子走出房間，按了芝田的門鈴。屋裡傳來頗不耐煩的回應，之後芝田開了門。

「晚安，」香子說著皺起了眉，「你臉色看起來很糟呢。」

「一直都在署裡過夜，即使半夜回到這裡，也都沒辦法好好休息。」

香子往他家裡看了一眼，各種紙箱紙袋已經滿到玄關。顯然是搬家之後都還沒有收拾。

「還沒吃飯嗎？」

看到芝田拿著泡麵，香子問道。芝田扁起嘴，露出一副受不了的表情。

「這幾天一直都在吃這個，自己都覺得燃料費真是太省了。」

「真可憐。」

「只要努力能有回報，也不算可憐啦。」

「沒有回報嗎？」

芝田拿著泡麵，無力地搖搖頭。

「好吧，那你要不要到我家？我做些好料請你吃，請你告訴我一些情報。說是好料，也只有我吃剩的義大利麵而已。」

「真是讓人高興到眼淚都快流下來了。不過我這裡的情報，可能還不值你剩下的那些義大利麵。」

芝田穿著運動上衣和運動褲來到香子家。香子幫芝田弄蛤蜊義大利麵的時候，他看了一下放在旁邊的卡拉揚的唱片封套。

「沒想到妳居然是個古典樂迷呢。」芝田說。

「現在才要開始成為樂迷的啦，」香子說：「那是今天才從出租店借來的。」

「為什麼突然想要變成古典樂迷呢？」

「這是灰姑娘的條件。因為王子對古典樂很有研究。」

「哦，原來是這樣啊。」

芝田興味索然地把唱碟封套放回去。

「要讓對方看上自己，有些地方還滿麻煩的。你對古典音樂熟嗎？」

「一點都不熟。」

「那你聽什麼音樂呢？刑警的話就要聽演歌吧？」

「為什麼刑警就要聽演歌啊？我一般都比較喜歡年輕的女性搖滾樂手，特別喜歡『Princess Princess』唷。」

「真沒想到，」香子睜大眼睛，將盤子放在吧檯上，「不過有你這樣的刑警倒也不錯呢。讓你久等了，義大利麵來了。」

「哦，萬分感謝。」

芝田開心坐到椅子上，拿起叉子狼吞虎嚥地吃了起來。問他好不好吃，也只是滿口麵條地點點頭。三兩下就掃了半盤之後，才抬起頭來。

「關於這個案子，應該是會以自殺結案了。」

香子在地毯上坐了下來，抬頭看著他。

「知道什麼了嗎？」

「嗯。」他喝了水，「之前不是說過毒物大概是氰酸鉀嗎？已經查到它的來源了。牧村繪里小姐的房間裡有個小瓶子，毒物就裝在瓶子裡。也就是說現場發現的毒物是她自己準備的。」

「為什麼繪里手上會有那種東西？」

香子嘟起了嘴。

「問題就在這裡了。很可能是她從老家帶來的。」

「老家？」

「妳不知道嗎？在名古屋喔。涼糕和棋子麵的名古屋。」

名古屋——

香子還真不知道。之前都沒聊過彼此家裡的事。

「她在兩年半前來到東京，參加『皇家宴會製作』公司的考試，才成為宴會接待的。」

「我只知道她是從『皇家』那邊來的。」

皇家宴會製作是宴會接待派遣業中的老字號。隨時都有兩百名左右的救援接待，所有員工都接受過相當嚴格的訓練。錄取的條件也相當嚴格，只要是從那裡出來的、自己接案子的接待小姐也都不難找到工作。

繪里是在三個月前離開皇家，跳槽到邦比的。她說是因為哪裡太辛苦，完全沒有自己的時間才走的。

「她曾在案發前三天回家一趟。氰酸鉀似乎就是那個時候帶出來的。」

「帶出來的……繪里家是開電鍍廠之類的嗎？」

聽香子這麼說，正在吃義大利麵的芝田被噎到。連忙喝水之後，轉向香子，「妳竟然知道電鍍廠會用到氰酸鉀這種事。」

「因為電視的推理劇不都這麼演嗎？犯人從電鍍廠偷走氰酸鉀。」

芝田露出受不了的表情。

「真是敗給電視的影響力，不過繪里家不是電鍍工廠，而是一家米店啦。」

「米店？」香子有點困惑。

「據說她家幾年前鬧過鼠災，她父親就從修車廠的朋友那裡分了一些氰酸鉀，要用來對付老鼠。做了一些毒丸子放在老鼠的必經之路上。只可惜那些大老鼠對毒丸子根本連看都不看。當時用剩的氰酸鉀就被仔細密封起來放在儲藏室裡。」

「所以繪里用的氰酸鉀就是從那裡拿來的嗎？」

「應該是吧。聽到氰酸鉀，她的父親就立刻想起一些事情。進一步詢問，那瓶氰酸鉀果然有被開過的痕跡。而且她也不是因為有什麼事才在案發三天前回家，現在回想起來，她應該是要拿毒藥才會回去的。」

芝田吸進最後一根義大利麵條，將叉子放下。

「是這樣嗎？」香子抱著膝蓋坐著，臉埋在兩膝之間，「那就不會錯了，她應該就是自殺的。」

「不過也有不同的意見。」

聽到芝田的話，香子頭抬了起來，「不同的意見？是指不是自殺嗎？」

「不是，就結果而言也認為是自殺沒有錯，只不過她拿到毒藥的時候，或許是打算逼迫對方和自己一起自殺的，結果卻自己一個人死了——也有這樣的說法啦。」

「這種說法有可能嗎？」

芝田稍微思考了一下，「是有可能的。」

他點頭說道：「不過她打算怎麼做，和警方沒什麼關係。問題在是否有犯罪的嫌疑。」

「所以，就是還沒有結果嘍？」

香子說著，芝田身旁的電話響了起來。香子坐到芝田旁邊的椅子上，把聽筒貼到耳朵上，只說了一聲「喂」。考慮到有可能是惡作劇電話，香子不主動報上姓名。

「喂，小田小姐嗎？」——是香子曾經聽過的男人的聲音。

「是，我是。」

「我是前幾天和您見過面的高見，請問您還記得嗎？」

香子整個人瞬間變得非常高興。

「當然記得啊。前幾天真是失禮了。」

可能是香子說話的聲音和語調突然變了一個人，身旁的芝田眼珠都快要掉下來了。

「事實上我想履行當時的約定。有一家還不錯的店，怎麼樣呢？不知道您明天有沒有空？」

「明天……嗎？」

香子的腦海裡浮現出各式各樣的事情。明天還要上班，想要請假的話，必須在一個禮拜前提出。今天也已經休息了。臨時曠職——臨時才請假是會被列入黑名單的。話雖如此，自己也不想錯過這個機會。

「請問，是明天幾點呢？」香子試著問道。

「這個嘛，六點左右去接您好嗎？」

六點——絕對不行的時間。正當香子這麼想的時候，看到在一旁托腮發呆的芝田的臉，突然冒出一個想法。

「嗯，好的，這樣很好。」

「真的嗎？太好了，那麼就約六點。」

香子掛上電話，「是白馬打來的吧？」芝田說。

「有件事想拜託你。」

香子右手放在他的膝蓋上，左手比了一個拜託的動作，「明天能不能請你打電話到我們公司，說晚上想要找小田香子小姐去問話，讓我們公司給個方便。可以嗎？」

「嗯?」芝田的臉皺了起來,「為什麼我要做這種事呢?」
「剛才的電話你也聽到了吧?對方可是高見不動產的年輕總經理喔,這可是我這輩子能不能夠幸福的關鍵啊,你就幫我一下也不會怎樣嘛。」
「高見不動產?對方該不會在玩弄你吧?」
「剛開始被玩弄也無所謂,趁這個機會之後我會像鱉一樣緊緊咬住他不放的。」
「鱉……」
「好啦,拜託啦。我們不是朋友嗎?不是也吃了義大利麵了嗎?」
香子發出很嗲的聲音,搖動芝田的膝蓋。「真是的,」芝田搔搔頭說道:「要是被發現了怎麼辦?」
「沒問題的啦,拜託。」
「真的不會被發現嗎?」
「沒問題。哇,你可幫了我大忙,謝謝,真是太感謝了。就以飯後的咖啡做為回報吧。」
香子走進廚房煮水,不由得哼起歌來。
「跟剛才的表情完全不一樣耶,」
芝田說:「不是在諷刺喔。你還是開心的模樣比較好看。」
「謝謝,其中有幾分之一是託你的福唷。」

香子對著他笑，「我常和繪里說，一定要跟有錢人結婚。因為比起沒錢的人當然還是有錢人比較好，對吧？」

「這倒也是啦。」芝田露出五味雜陳的表情。

「雖然對死去的朋友有些不好意思，但如果我能把握住這個幸運的機會，繪里應該也會替我感到高興的。你不覺得嗎？」

「這我就不清楚了，」芝田一邊玩弄著叉子，一邊歎了口氣，「因為我對她的死還有一些疑惑。」

香子正將咖啡粉倒在濾杯中，她停下了動作望著芝田。之後眉頭皺了起來。

「上次你也這麼說……你認為不是自殺嗎？」

「雖然目前還無法斷定，但有幾個地方讓我很在意。」芝田握緊旁邊的杯子，「在那間房間裡有兩隻杯子，其中一隻是她自殺時用的，仔細觀察，發現另一隻杯子也有一點點濕。所以另一隻杯子應該也曾經被人使用過才對。」

「之前我們所有人都在那間房間裡，會不會是我們之中的誰用過了呢？」

「如果是妳們用過的，應該是用了就隨便放著了吧？應該不會特地把杯子仔細洗乾淨還擦乾吧？」

「……那倒也是啦。」

「另外還有一點令人費解，繪里把氰酸鉀摻進啤酒裡喝了下去的事情。能幫我在這個杯子裡倒一些水嗎？」

香子照著芝田的要求倒了水。芝田指著裝著水的杯子說：「假設現在有位拿著毒藥和飲料準備自殺的人，他會怎麼做呢？先把毒藥含在嘴裡，然後再配飲料吞下去？還是會把毒藥摻進飲料裡再喝下去呢？」

香子攤開雙手聳了聳肩說：「這是個人的喜好，不是嗎？」

「或許吧。不過繪里選擇了將毒藥混在飲料裡的方式。」

芝田做出在水裡加入藥物的動作，「接下來才是問題所在。如果是妳的話，會在水裡加入多少氰酸鉀呢？」

「我怎麼會知道呢？又不知道要喝多少才會死。總之有多少就先加多少吧。」

「對啊，一般都會加入覺得喝下去會死掉的量吧。所以就加進去了，好，現在問題來了。」芝田端起杯子，「這些水要怎麼喝呢？一口氣喝下去，還是小口小口慢慢喝呢？」

「當然是一口氣喝下去，小口小口喝的話，不是更痛苦嗎？」

「我想這樣也比較保險吧。」

芝田把杯子放在吧檯上，「這裡就會產生疑問。以自殺者的心理來看，應該會選擇自己能一口氣喝下去的飲料才對吧。就這一點，繪里選了啤酒就很奇怪。之前也曾經問過妳，繪里的酒量並不是很好，大概是一杯啤酒的量。也就是說，啤酒對她而言應該不是容易入口的飲料。如果她一心尋死的話，應該會選擇水或者果汁之類的東西才對呀。」

聽他這樣說，香子也開始思考繪里自殺時的情形。的確，如果是人生的最後一杯飲料，選擇自己不大喜歡的啤酒還真的有點不合常理。

「可是，」香子說：「即便如此，也不能就一口斷定她不是自殺的吧？臨死前忽然想這麼做也可以，不是嗎？」

芝田搖搖頭。

「我們家的前輩也都這麼說呢。像你這樣的年輕女性，居然會和那些灰暗的中年男子有相同的意見，還真是有趣——我的意見和你們不一樣。我覺得人在臨死的時候不會出現一時興起的舉動，死的時候大家都是很謹慎的。」

「可是啊……可是……」

香子用拳頭敲了敲太陽穴，她實在不擅長談太理論的事。「啊，不是還有門鏈的事嗎？因為門鏈只能從裡面才能掛上，所以是繪里自己掛上的不是嗎？」

「問題就在這裡啊，」芝田說：「總覺得這件事有些蹊蹺，說不定這是密室殺人喔。」

「密室？還真好笑。」

雖然這麼說，當然香子並沒有笑。

「我從很久以前就常被笑了，不過我是不會放棄的。」

芝田好像覺得水很好喝的樣子一口氣喝光了杯子裡的水，站了起來，「好了，我也差不多該回去思考兇手的作案手法了。」

正往玄關走去，「啊，等一下。」卻被香子叫住。芝田回過頭來。

「明天的事就拜託你囉，因為這關係到我的一生。」

聽她這麼說，一瞬間芝田的臉上露出了一絲苦澀。然後重重地歎了口氣。

「女人真是堅強呢。」

「晚安。」

「晚安。」

然後他離開了房間。

第三章

驚聞啜泣聲

1

隔天下午，芝田來到銀座皇后飯店，與發現屍體的當事人也是負責人見面。這位名叫戶倉的負責人是年過四十的清瘦男子。

「那件案子不是解決了嗎？」

戶倉明顯覺得困擾。

「只是要再確認一下。」

芝田說道。確認這個字眼真的很方便。「可以讓我再看一下現場那間房間嗎？那間房間目前還沒使用過吧？」

「是還沒有……」

戶倉稍稍考慮了一下，最後放棄點點頭：「我明白了，請跟我來。」

戶倉和櫃檯人員說了一聲，拿到了二〇三號房的鑰匙，迅速往房間移動。芝田趕忙跟了上去。

開了二〇三號房的門鎖，戶倉用有點粗暴的方式推開了房門。窗簾沒有打開，室內有些昏暗。床上依舊亂糟糟的。

「從那以後就沒有打掃過吧？」

「這間房間，完全沒有人碰過。」

負責人輕輕地閉上了眼睛。

芝田一邊環視屋內，一邊小心翼翼地走進裡面。然後戴起手套拉開了窗簾。春日的陽光立刻射進屋裡，塵埃在空氣中飛舞。

他看了看窗外。下方是隔著馬路聳立的大樓。要從窗戶出去，到其他地方去是不可能的。而且發現屍體的時候，窗戶也是上著鎖的。

「當時你是和服務生一起的吧？」

「對。需要把那名服務生也找來嗎？」

「麻煩你。」

戶倉面無表情地走出房間，感覺就像是在說就調查到你滿意為止吧。

他關上門的時候，發出了門鏈碰撞的聲音。芝田湊近一看，門鏈被切斷的一端依舊掛在門上，而且晃動不止。

芝田將門鏈的環節一節一節仔細檢查。以前有過用鉗子掰開其中一節，出了房間之後再接起來的詭計。但不管怎麼調查，都找不到被動過這類手腳的痕跡。

聽到敲門聲，打開了房門。戶倉和服務生站在門外。服務生穿著以紅色為基調、顯瘦的制服，是個二十出頭的年輕人。芝田還記得在案發當晚見過他，應該是叫做森野吧。

「你和丸本先生一起到這間房間來的時候，門鏈確實是掛上的吧？」

「是的沒錯。」服務生森野答道。

芝田看著戶倉，「從門外解開門鏈是絕對不可能的吧？」

「不可能的。」戶倉斷言。

「所以當時的狀況，就只能切斷門鏈，是嗎？」

「是的。聽森野說明的時候，立刻就想到要切斷。有些飯店會使用品質不好的門鏈，那樣的話只要用身體一撞就會壞掉，我們這裡並不會那樣。所以毫不猶豫拿鐵皮剪過來。」

戶倉似乎相當得意，強調著安全性。

「那個鐵皮剪，還好有準備那種東西呢？」

「這是因為，」戶倉露出自滿的表情，「這次這樣的事情可能會發生所以才會準備的。」

「原來如此——能請您講述一下破壞門鏈進入房間後的事嗎？」

「這些事，之前也……」

「我還想再聽一遍。」

芝田說到，戶倉故意歎了口氣。

「我和丸本先生，還有森野先生三人一起進了房間。一時間誰都沒有動。直到丸本先生說請跟警方聯絡，我才使用那邊的電話。」

戶倉指著放在兩張床之間的電話。

「據說你去了一樓？」芝田向森野問道。

「是的。邦比宴會設計的人或許還在，要我去找找看……」

如此說來，哪個時候在房間裡的只有丸本和戶倉而已。而且戶倉正在打電話。芝田的目光投向了浴室。是否有可能兇手躲在這裡，而丸本讓他逃走呢？

「有點事想拜託你們。」芝田對戶倉說道，「能請您像當時一樣地去打電話嗎？只要作出動作就好。」

戶倉一臉受不了的樣子從床中間走過，拿起了話筒。芝田來到他的旁邊，這次對森野說：「請進到浴室裡面，盡可能小幅地打開浴室門，從裡邊出來好嗎？」

森野點點頭，走進了浴室。過了一會兒，聽到：「可以了嗎？」「請。」芝田說。

喀嚓一聲，門緩緩打開。

芝田很失望。很遺憾，從戶倉的位置，看得一清二楚。而且也會注意到最早開門的響聲吧。再怎麼樣，也不可能下這種危險的賭注吧。

「可以了嗎？」

一直拿著話筒的戶倉，不高興地問道。「啊，可以了。」芝田心不在焉地回答。

一定有什麼詭計。芝田心想。古今中外，提到密室的詭計有許多手法。只要使用了其中的一種，這種程度的密室根本就不算什麼……

——如果使用了某種詭計的話，必定會留下痕跡。然而卻沒有發現半點蛛絲馬跡。這是為什麼呢？是不會留下痕跡的詭計嗎？

痕跡？

芝田快步跑到門邊，然後看了門鏈。

「戶倉先生，怎麼沒有剪斷門鏈時的碎片呢，丟到哪裡去了嗎？」

「哪裡去了？都讓警方的人拿走了呀，說是要調查。」

「啊……對喔。」

芝田點點頭。之後又點了好幾次，原來如此原來如此，我明白了。是這麼回事啊，想得真周到呢——

正如剛才想的那樣，兇手——丸本本人或丸本的共犯，是用鉗子之類打開了鎖鏈的一節到外面，之後又再把那一節接上的。但是這樣的話，就會留下鉗子的痕跡。而當他們再次使用鐵皮剪的時候，就從那一節剪斷，這樣一來，詭計的痕跡就消失了。這麼說來，使用鐵皮剪的正是丸本本人。

然而這番推理也有問題。必須知道，在遇上這種情況時，這間飯店一定會使用鐵皮剪才行。

「戶倉先生，雖說常備有鐵皮剪，在這之前是否使用過呢？」

「有的。」戶倉回答，「大概是在半年前，有一位一直沒有來退房的客人。而且打電話也沒人接聽，請服務生去看一下狀況，發現那客人在床上癲癇發作。因為當時門鏈是掛著的，就使用了鐵皮剪。」

「哦，報紙或其他媒體有報導嗎？」

「沒有，並沒有造成那種程度的大騷動。」

即使沒有造成大騷動，也存在聽過傳聞、知道這件事的可能。

——這樣，密室的詭計就解開了。

芝田一邊玩弄著門鏈，一邊露出得意的笑容。這下子，或許就能推翻自殺的假設了。

——慢著……

玩弄門鏈時，注意到了一件事。他轉向戶倉的方向。

「您說過只有剪斷這個方法吧。但也可以用鉗子之類的掰開鎖鏈上的一節吧？」

兇手若用這辦法出去的話，那麼進來時也這麼做就行了。

但戶倉的回答在意料之外。

「是有這個可能，但反而會很麻煩。」

「為什麼呢？」

「雖然現在這裡沒有，但門鏈上有套著皮套。要打開門鏈上的一節之前，必須先把套子割開。如過要這麼做的話，不如全部一起剪斷比較快吧。」

「皮套——？」

芝田驚訝的目光看著門鏈。「有那種東西啊？」

「那應該也讓警方的人拿走了喔。」

——有這種事……

如果有皮套的話，打開鎖鏈上的一節出去就不可能了。

「那……誰也無法進出……」

「所以不是說過好幾次了嗎？」

戶倉頗不耐煩地說，「門鏈只能從裡面掛上，而且從外面是無法解開的。」

2

六點整，門鈴響起。胸前別上胸針，最後一次檢查臉上的妝，香子向著玄關跑去。

「晚安。」

高見帶著爽朗的笑容出現。深綠色的西裝相當適合他。

「是不是太早了呢？」

「不會，時間正好。」

聽到香子這麼說，高見露齒一笑。

今天的車是Soarer。香子坐上副駕駛座，高見握著方向盤。兩人之間，隔著一部白色的車用電話。

「我喜歡國產車。」高見說。

「賓士和Volvo也不錯，但總覺得都不大適合日本的街景。」

當然也有價格因素。說著高見笑了笑。香子也笑了。

被問到想吃法國料理還是義大利料理，香子回答吃義大利料理好了。

「喜歡義大利料理嗎？」高見問。

「看《玫瑰的名字》後就變成義大利迷了。」

「史恩．康納萊是吧，我也看過，那部電影很棒。」

漫不經心地猜想著大概會到青山附近時，Soarer已經在世田谷住宅區的街上奔馳。還在想這種地方會有餐廳嗎，高見已把車子開進了一座小停車場。下了車，真的有間白色洋房式的義大利餐廳。走進餐廳一看，天花板相當高，牆壁裝飾著巨幅的繪畫。香子隨便猜想，畫的或許就是北義的古城吧。

只排放著十張方桌，其中只有兩張坐著客人。香子他們被帶到了最裡面的桌子。

「聽說這裡的義式生魚片很不錯。」

說完，高見問道想要點些什麼。讓他來點，香子回答。就算看了菜單也不知道點什麼，她什麼都想吃而且也不挑食。

高見適當地點了菜。雖然也點了紅酒，但是又擔心會不會酒後駕車這種無聊的小事。

「那件事後來怎麼樣了呢？」

服務生離開之後，高見開口問道。那件事？想了一下馬上就想到是指繪里的事。

「不大清楚，不過聽說極有可能是自殺的。」

「是嗎……」

香子覺察到高見的目光一瞬間飄向遠方。見她盯著自己，忽然回過神來，又露出了笑容。

「妳當接待小姐多久了呢？」

「大概，」香子側著頭，「三年左右。」

「一直在現在的公司嗎？」

「不是，一年前跳槽過來的。現在的公司，創立至今應該也不過才一年半左右吧。」

服務生送來了紅酒，幫忙倒在兩人的杯子裡。雖說是乾杯，高見就只是稍稍嚐了一下。原來是這樣啊，香子倒也沒有見怪。

「社長是丸本先生吧？」

嗯，香子點了點頭，心想還真清楚呢。是因為作為屍體發現者，名字被登出來的緣故吧。

「開設現在的公司之前，是從事哪方面的工作呢？」

香子搖了搖頭，「這就不清楚了。社長怎麼了嗎？」

「沒什麼。」他喝了水，「這工作似乎挺有趣的呢，有點好奇從事這個工作的都是些怎樣的人。」

「我倒覺得沒有特別有趣。」

「這樣嗎?也許吧。」

服務生端來了前菜,中斷了兩人的對話。一邊品嘗著牡蠣,香子一邊觀察著高見的表情。這個人今天是為了什麼約我出來呢——

用餐時,他的話題一直集中在古典音樂和古典芭蕾上。對惡補過的香子來說,剛好如她所願。但他連芭蕾都有興趣這一點是失算了。

「森下洋子小姐真的很厲害呢。說是順勢而為,或是達成目標,之前的《天鵝湖》也有看過吧,精彩極了。第三幕的黑天鵝,三十二迴旋是在幾乎沒有離開最初的位置的情況下完成。」

出現這種不很懂的話題時,香子會微笑著點頭。但腦海裡想著不買芭蕾的書不行了。

高見再次提起了那個案子是在享用餐後的義式濃縮咖啡的時候。

「可是,之前真是嚇了一跳呢。就像這樣跟你喝過咖啡之後。」

高見滿意地看著杯子裡面,「那位小姐也是有什麼苦惱的事吧。都沒有和妳聊過嗎?」

「沒有,什麼都沒說。」

「這樣啊?和那位小姐認識很久了嗎?」

「三個月左右，」香子說：「她之前是在皇家宴會設計那間公司。」

因為限制很多所以辭職，似乎是名古屋出身，香子又接著說。

「名古屋，果然……」

聽他說漏了嘴，香子看著他的臉，「果然什麼？」

「不，啊……似乎有在報紙上看到過。」

說著，他又喝起咖啡。

用完餐要離開店裡的時候，高見把車鑰匙遞給她。

「不好意思，能請妳先上車嗎？我去和店長打個招呼，馬上就來。」坐上Soarer的副駕駛座，香子深呼吸了一口。雖然吃了很多，卻沒什麼滿足感。或許是因為有些事讓她很介意吧。

高見為何會如此在意繪里的死亡呢？這和他應該是一點兒關係都沒有啊，還是說這只是香子想太多了，他只不過要聊些共通話題而已，可就算如此，用餐時聊自殺的事也太過煞風景了吧？

就在思考這些事的時候，旁邊電話突然響了起來，香子嚇了一跳。

高見還沒來。

香子含怨看著電話。何必在這種時候響起來啊！

——可是……

如果是他的家人怎麼辦呢？要是之後知道香子沒有接電話，或許會覺得自己怎麼是這種不機靈的女孩也說不定。如果被說這種女孩是沒資格嫁給俊介的話……

電話還在響。

香子下定決心拿起了聽筒。沒什麼大不了的。

「喂。」香子說道。

「……」——沒有任何的回應。

「那個，高見先生現在——」

說到這裡香子似乎聽到了什麼，是聲響？還是人聲？香子把聽筒貼緊了耳朵。

那是啜泣的聲音。電話的另一頭有人在哭泣。那是彷彿被包裹在深沉黑暗的悲傷中的聲音。

然而，下個瞬間，又變成了笑聲。那種笑法有點詭異而且不可思議，但還是令人感到濃濁的黑色悲傷。

香子粗暴地掛斷了電話，雞皮疙瘩驟起。心跳加速，呼吸急促，知道自己面無血色。

——怎麼回事，現在……

盯著白色的聽筒，香子摩擦著自己的胳膊。應該不會很冷，但全身的血液就像是失去了溫度一樣。

這時候響起了叩叩的響聲，香子小聲地尖叫了一聲。看到是高見在敲打車窗玻璃。她鬆了口氣，打開了車門的鎖。

「真是抱歉，」說著他坐進車裡，「這家店還不錯吧，價格也挺實惠的……我臉上有什麼東西嗎？」

「沒有。」香子搖了搖頭，「承蒙款待了。」

「下次去吃法國料理吧。寄放了相當不錯的紅酒──」

電話聲響起，打斷了他的話。迅速抓起聽筒貼到耳邊：

「我是高見。」

知道他的表情瞬間變得猙獰起來。香子確信是剛才的聲音。「是我，」高見說：「晚安。」

只有這樣。他若無其事地放下聽筒，發動了車子。可是當他放下手剎車的時候，忽然想到什麼似的看著香子。

「電話……接了嗎？」

很低、很沉的聲音。

「沒有。」香子搖了搖頭。然而，就連她都對自己蹩腳的演技感到不好意思。

高見望著前方，緩緩地發車前進，之後就不再開口。

3

望著不斷交錯而過的車輛，香子想著電話的事情。那究竟是怎麼一回事？卻無法將它說出來。高見的側臉透露出某種不能問的警訊。

「還能再見面吧？」

到了香子的公寓時，他這麼說。本想問目的是什麼，但她忍住沒問，點了點頭。目的是什麼都無所謂。只要還能見面，自然會有機會。

「到時候請你嘗嘗我的手藝吧。」

一時衝動說了出口。老實說，她對自己的廚藝並沒有多少自信。

「真是令人期待。」

高見淡淡一笑，立刻變回嚴肅的表情，「那就真的，下次再見了。」

兩人握手道別。目送Soarer的車尾燈逐漸遠去，香子朝自己的房間走去。

進自己的房間之前，先敲了敲芝田的房門。隨著冷淡的聲音，門被打開。

「戰況如何？」一看到香子的臉順口問道。

「分擔痛苦的階段呢。」說了讓人摸不著頭腦的話之後，「今天真是不好意思，多虧你的幫忙，本來是來說這個的。」

「不用那麼客氣。」

「看樣子還在搬家啊。」

香子探頭往裡面看。還堆放著各種物品，似乎只有組合音響已經安裝好，可以聽到音樂，真的是「Princess Princess」。「可以進去嗎？」

「可以啊。坐的地方倒是有的。」

進了房間，就只有「坐的地方」。開到一半的紙箱塞得到處都是，流理臺餐具堆積如山，垃圾筒裡的泡麵空碗都快滿出來。

「這個地方會有變成正常房間的一天嗎？」

香子選了個還算乾淨的紙箱，坐了下來。

「別這麼說，我也很不安呢。」

芝田走到廚房打開冰箱，拿出兩罐啤酒，然後撥開紙箱來到香子面前，把其中一罐遞給她。「謝謝。」香子說道。

「其實今天去了妳的公司一趟。」芝田拉開了拉環。

「哦，你為我專程跑了一趟啊？」

「只是為了妳的翹班，當然不可能會做這種事。是想要去打聽其他職員怎麼評價丸本社長。」

「是在懷疑社長嗎？」

「理論上發現者最可疑，然後，有兩個地方讓我很在意。」

「是什麼？」

「第一點就是，丸本和繪里的事誰也不知道。然而他和江崎洋子的事卻人盡皆知。」

「開始交往繪里還沒多久的緣故不是嗎？」

咕嘟喝了一大口啤酒。吃義大利料理時就想喝啤酒了。

「不這麼想也不是不可以喔，反正就是令人介意。然後另一點就是丸本的出身地。那傢伙也是名古屋出身的。」

香子險些把啤酒噴了出來。「又是名古屋？」

「對，又是名古屋。」

芝田舉起酒瓶，微微一笑。

「繪里小姐也是名古屋，丸本也是名古屋。我覺得這並非巧合，一定有什麼。」

「有什麼？」

「這還不知道，所以要去調查一下。」

芝田喝了口啤酒，說道：「明天，我請了假，準備到名古屋去拜訪繪里小姐的老家。」

「繪里的老家啊……」

突然間，香子的腦海中浮現了高見的事情。他好幾次都對繪里的事很在意，對老家在名古屋這件事也表現出興趣。

「喂，」她說：「我也要一起去。」

芝田嘴裡的啤酒噴了出來。「為什麼妳要去？」

「去有什麼關係？之前不能出席繪里的葬禮，至少去給她上炷香吧。而且跟我一起的話，對方的態度也會軟化吧。」

「又要翹班嗎？」

「這一點沒問題。明天運氣很好不用上班。就這麼決定了。」

「真是的。」芝田露出苦笑，「也好啦，我也覺得跟女孩子一起旅行比較有趣。」

香子蹺起腿來，兩手托腮架在上面，呵呵地笑了。

「你真是正直呢，我喜歡你這種人。」

「謝了。」他說。

這天夜裡，香子不斷呻吟。因為夢到被拖進了深深的黑暗之中，在那黑暗之中，又聽到那個啜泣聲。

4

第二天一早，香子和芝田搭乘七點從東京站發車的新幹線。雖然是自由席，還是有空位可以坐在一起。昨晚一夜沒睡好的緣故，剛一發車，香子便睡著了。

醒來時，車窗外已經可以看到富士山了。今天是晴天，湛藍的天空襯得富士山格外耀眼。

芝田閉著眼聽著隨身聽。他沒有睡著的證據是腳正在打拍子，因為香子開始動來動去的緣故吧，他緩緩睜開了眼。

「還可以再睡沒關係。」

「你在聽什麼？」

「Tiffany。」

「我也想聽。」

芝田取下耳機，幫香子戴到耳朵上。

他從夾克的內袋裡掏出了一本小記事本。不是警察手冊。他翻開的那一頁上，畫了某種圖案。仔細一看，那是皇后飯店的房間平面圖，還有門鏈的圖。

下了新幹線，走出驗票口時，正好是九點整。剛走出驗票口，迎面便是巨大的壁畫，前面站著一大堆正在等人的人。

「接下來怎麼辦？」香子問道。

「坐地鐵，到『一社』站。」

到地鐵站要走一段距離，而且相當擁擠。哪裡的地鐵都一樣呢。香子心想。

出了一社站，芝田一手拿著小地圖，向北邊走去。香子問這裡到底靠近什麼地方，他回答說是名東區。她哼了一聲。即便知道了地名，她也不清楚所在的位置。

繪里的老家到一社站要走上一段距離，臨街是一片停車場，裡邊有幾家店。右邊的書報攤，左邊則是喫茶店。

看到香子和芝田來了，正在看店的繪里的父親開心不已。滿頭白髮，面貌和善的男性，他還從屋裡叫來了繪里的母親。

兩人做了自我介紹。聽到香子是繪里的同事，老夫婦很開心，可是當知道芝田是個刑警時，反而露出緊張的表情。芝田趕忙強調是私人的拜訪。

之後兩人被帶到祭壇前面，先上了香。然後夫婦倆便不斷對香子問起繪里的事情。生活過得怎樣呢？是不是有什麼煩惱呢？到頭來他們似乎也不明白繪里為何要自殺。

「繪里小姐是這邊的短大英文系畢業的吧？」

夫婦兩人點了點頭回答芝田的提問。

「畢業之後，有從事什麼工作嗎？」

「在當補習班的英文老師。」母親答道。

「直到三年前左右。」

「為何會到東京去呢？」

芝田這樣一問，夫婦彼此對望一眼，露出了不知如何是好的表情。香子認為他們明顯地感到不安。

「這個嘛，」繪里的父親想了一陣，「年輕女孩都會想到東京去看看吧。」

「這樣啊。」

這次輪到香子他們互看對方。芝田使了個眼色。

「可以讓我們看一下繪里的房間嗎？」

香子問道。當然可以，母親站了起來。

繪里的房間在二樓，面朝南方，六疊大小，放置著書桌和櫃子。應該還是她學生時的樣子吧。

「之前回來的時候還好好的，為什麼又會發生那種事呢？」

彷彿悲傷再次被喚醒，母親擦拭著眼角。

香子看了看牆上貼的海報、桌上的書本。芝田則翻著相簿。

樓下傳來了叫喚，母親從樓梯走了下去。與此同時，「看一下這裡。」芝田把相簿遞了過去。照片上是比香子認識的繪里更年輕的模樣，化妝的方式不同，也比較豐腴。

「好可愛喔，又要哭出來了。」

「哭出來也無所謂，但先看一下這個。這細長型的照片尺寸不正常吧？這是後來有部分被切掉的。」

這麼一說，的確有這種痕跡。這樣的照片還不止一張。

「最新的照片的這一頁就沒有。每一張上都只有拍繪里一個人。準確地說，除了繪里小姐，其他都被裁掉了。而且切口還很新呢。」

「這是怎麼回事啊？」

「還用說嗎？這裡有拍到她的戀人。可是她的父母討厭那樣留在那裡，所以就剪下扔掉了。」

「因為怨恨繪里的戀人嗎？」

「不大清楚，或許是吧。」

聽到了腳步聲，芝田把相簿放回書架上。「茶泡好了呢。」繪里母親說，於是兩人便走下樓。

喝過茶，隨意聊了幾句，兩人準備告辭。正在這時，出去送貨的長子規之回來了。規之是壯碩又鬍鬚濃密的男子，但笑起來表情會變得相當溫柔。

因為規之說要開車送香子他們去名古屋車站，兩個人便接受了對方的一番好意。車子是速霸陸的旅行車。這種車送貨也很好用喔，規之笑著說。芝田坐到了副駕駛座上，香子坐在後面。

「老爸他們很開心吧？他們一直很想知道繪里在東京過得如何。」

規之說道。

「能請您告訴我們繪里小姐為什麼要到東京去呢？」

芝田直接切入正題，規之立刻沉默了起來。

「是因為繪里小姐的戀人嗎？」

過了好一陣，「為什麼會這麼想呢？」規之問道。

「因為看了相簿，和繪里小姐一起的人全部都被剪掉了。」

規之哼了一聲。

「早叫他們別幹這種無聊的事了，別人看到的話，不是反而會覺得更奇怪嗎？可是他們好像就是無法忍受那男的照片貼在那裡……」

「能告訴我們是怎麼一回事嗎？」

芝田對著規之的側臉說。他默默地操縱著方向盤，又過了一會兒，

「是個未成名的畫家。」

規之說。「也不知道哪裡好，繪里那傢伙完全被迷住了，還說要結婚。但是老爸老媽都反對啦。」

「怎麼了嗎，那個人？」

規之再次沉默不語。這次有點久，但芝田和香子都耐心地等著。終於他開口說：「已經死了。」

「啊？」芝田和香子同時叫了出來。

「死掉了。」規之說，「因為這樣受了打擊……為了忘記那男的，繪里就上東京去了。——能說的就是這些，其他的我就不方便說了。」

「為什麼會死掉呢？生病嗎？」

芝田又問，但他就真的不再說話了。

下了規之的車，芝田前往計程車招呼站。

「等一下，要去哪裡？」

「來就知道了。」

芝田坐上計程車，向司機問道：「知道鶴舞公園的進步塾嗎？」司機說是不是車站北邊的那一間，他回答說應該是吧。

「那裡是繪里之前上班的地方嗎？」香子問道。

「她的書桌上，有『進步塾』的墊板。我猜應該就是那裡。」

「不愧是刑警。」

香子欽佩地說。

計程車停在一條車流量很多的路上。道路兩旁，大樓鱗次櫛比。其中一棟建築物的上方懸掛著「進步塾」的超大看板。

建築物裡面沉靜得令人不敢呼吸。進門右手邊是玻璃隔出的辦公室。教室在裡面，現在還在上課的樣子。

趁著芝田跟職員說話的時候，香子看了一下招生手冊。小學課程、中學課程、高中和重考課程都有，看起來很嚴格。能在這種地方當講師，繪里的英語能力應該相當不錯。會講英語又長得漂亮的話，很容易就能當上接待小姐。

芝田走了過來。

「和繪里小姐比較熟的人現在正在上課。還有三十分鐘才下課，就等一會兒吧。」

「到外頭散散步吧，」香子提議，「我想到鶴舞公園走走。」

「在那之前先吃午飯吧。路對面就有家棋子麵館。」

「竟然有注意到呢。」

「今天一直被誇獎耶。」

那間店的外觀仿造古代的日本家屋，外面有水車在旋轉。還不到午飯時間，所以店裡沒什麼人。兩人在一張四人桌的兩邊坐下，點了棋子麵和棋子麵定食。定食有附五目飯。

「吶，你是怎麼想的？」香子問道。

「什麼怎麼想？」

「繪里的戀人的事啊。規之先生的話幾乎沒有解釋為什麼繪里的雙親這麼討厭她的戀人。而且為什麼會死掉也都沒說。不覺得奇怪嗎？」

「是很奇怪啊。」

芝田用牙籤在桌上寫了些字。

「會是死於什麼怪病嗎？」

香子忽然想到隨口說了出來，「怪病？」芝田抬起頭來。

「這種事別讓有教養的女孩子說啦。」香子端起茶杯，這茶真好喝。

「不是生病啦。如果是那樣，說病死就好了，病名也可以隨便說啊。」

「說得也是。——那繪里在這邊的事情警方沒有調查嗎？」

「沒有調查得很仔細。因為這次的事件都在追查她和丸本的關係，她在名古屋的生活沒什麼人有興趣。」

既然斷定是自殺，就更覺得不需要吧。香子心想。

「哦，終於來了。我已經餓扁了。」

看著面前的棋子麵定食，芝田露出了開心的表情。

回到進步塾，在會客室裡見到富井順子的這位女講師。順子大概三十歲左右，與其說是講師，給人的印象更像是位沉穩的家庭主婦。她知道繪里死掉的事。是從愛知縣警的調查員那裡聽來的。

「最近，被問到有見過牧村嗎？我就回答自從她辭掉補習班的工作之後就沒有見過面，而且也沒有聯絡過。」

「事實上也是這樣嗎？」芝田問道。

「是的。」順子斬釘截鐵地回答道。聲音洪亮。

「事實上，想跟您請教牧村小姐的戀人的事情，她在這邊有正在交往的對象吧？」

順子有些猶豫地低下頭去，眨了眨眼。

「是個未成名的畫家，」芝田說：「她父母都反對。」

聽到這裡順子又抬起頭來，「具體的情況我也不清楚，不過有聽說過她和這樣一位人物交往。」

「那個人叫什麼名字呢？」

順子遲疑了片刻，「ISE……之類的。」

「ISE？『伊勢志摩』（ISESIMA）的『伊勢』嗎？」

「不是，『伊勢』的『伊』，『瀨戶』（SETO）的『瀨』。」

伊瀨。芝田用手指在桌上寫著。

「聽說已經過世了？」

「嗯……」順子點了點頭，盯著芝田的臉，「那個……您不記得了嗎？報紙上登得很大……」

「報紙？」芝田一臉訝異，「發生了什麼事嗎，那個人？」

順子做了深呼吸，輪流看著芝田和香子的臉說：

「自殺了，那個人，留下了他殺了人的遺書……」

「殺了人？」

說完，芝田啊了一聲。

「是的，」富井順子說：「高見不動產的社長被殺害的事件。伊瀨這個人就是兇手。」

第四章

組成共同陣線

1

與芝田一同去了名古屋之後的隔一天，香子工作的地點是赤坂皇后飯店。與上次發生案件的銀座皇后飯店是同一系列的飯店。

這天晚上的派對，據說是某超市社長六十大壽的壽宴，聽說不是什麼熱鬧的宴會。

「據主辦方要求，社長的周圍必須時常陪伴有幾名接待人員。」

在準備室等待的時候，業務員米澤的眼鏡又照常閃爍著光芒。

「還有就是從主桌及接下來的桌次，每張桌旁都必須有一名接待小姐。而末席還有一些預備桌，但這邊坐的都是一般員工和組長之類的，並不需要接待。即便杯裡空了，也不需要給他們倒啤酒。此外，如果有年輕社員對妳們糾纏不休的話，請立刻轉告江崎小姐。好了，大夥兒今天也鼓起幹勁來吧。」

派對的出席者大約有兩百人，而相對地，接待小姐就只有二十名。因為其中的幾人還得陪在那個長得就跟鬥牛犬似的社長身旁，所以香子她們每個人都得同時應對十幾位賓客。賓客全都是些年過四十的中年男子，其中有些人還帶著明顯的不良企圖，過來搭訕。遇到這樣的情況，就只能面帶笑容，有技巧地擋掉。

有時，也會有些年輕員工混進香子她們所在的地方。一般情況下，這些人都是來詢問一些無聊事的。一眼看上去，長相也還算英俊，他們似乎也對自己的長相頗有自信，覺得只要隨便聊上幾句，接待小姐就會被他們吸引。

只要香子她們和年輕員工聊上幾句，江崎洋子就必定會過來確認對方有沒有糾纏不休。這些情況大概都會被報告給他們所在的公司，成為檢查他們在公司外品行的參考。當個上班族可真不容易。

因為沒有人明顯糾纏不休的，所以香子照實報告給了江崎洋子。就算真有這樣的情況出現，香子也是不會打這種小報告的。反正自己與他們這些靠薪水度日的上班族是沒什麼接點的，就隨便應付一下。如今她的心裡，就只有高見俊介一個人。可是……香子盛菜的手突然停了下來，陷入自己的思緒中。俊介他真的與繪里的死沒有半點關係嗎？

昨天在名古屋打聽到的情況，再次在香子的腦海中復甦。

直到三年前，牧村繪里都一直住在名古屋，身邊還有一個名叫伊瀨耕一的畫家戀人。可是據說後來那個伊瀨殺了人，之後他自己也自殺了。

沒過多久，繪里便到東京來了。她這樣做，或許是為了從事件的打擊中重新站起來。問題是被伊瀨殺掉的人，居然是高見不動產當時的社長，高見雄太郎。雖然高見不動產的總部設在東京，但雄太郎的老家卻在名古屋。

香子對高見雄太郎被殺一案的情況幾乎一無所知，而芝田卻似乎多少知道一些。在回程的新幹線上，他似乎一直在思考著什麼。香子開口詢問，他也只是隨口敷衍上兩句。

所以，今天到美容院去的路上，香子順道去了趟中野圖書館，查了下三年前發生的案件。翻閱過大量的縮印版報紙之後，香子瞭解到了如下的內容。

三年前的秋天，有人在愛知縣愛知郡長久手町的路旁發現了一輛被人遺棄的黑色賓士車。調查過車牌號碼後，確定這輛車的車主正是前些天行蹤不明的高見不動產社長高見雄太郎。經過對附近地區的搜查，在距離該車兩百公尺左右的草叢裡發現了雄太郎的屍體。屍體身著黑色西服，疑似有與人發生過爭執的痕跡。死亡時間大約在前日夜裡的十點至十二點之間，死因是遭人掐住喉嚨窒息身亡。從現場的狀況來看，推測死者是在倒地之後被人從正面掐死的。

除了錢包不見了之外，其他物品似乎都沒有被偷走。勞力士手錶、賓士車的鑰匙和車上的進口打火機都還在。錢包裡應該裝有二十萬日圓左右的現金和兩張信用卡。

雖然愛知縣警很快便展開了調查，很可惜都無法找到目擊者。之所以會如此，主要是因為現場周圍全都是山地和農田，幾乎就沒有什麼人家。雖然車子往來頻繁，但很少有人會走路經過，而且案發的時間也較晚。

隨著調查行動的深入，許多疑點一一浮現。其一就是高見雄太郎自身的行動。案發當晚，雄太郎為何會到現場去的原因不明。從他的行程表上看，他甚至沒有需要辦什麼事情而會經過長久手町。

或許是高見雄太郎與人約定在現場見面吧——搜查當局如此推斷。但對手究竟是誰？警方完全找不出任何頭緒來。與案件有關的人也都說想不出來。

案情陷入膠著？——當時的報導都呈現這樣的訊息。

然而兩天後情況卻發生了急轉直下的變化，整個案件徹底解決。千種區的公寓中，發生年輕男子上吊自殺的事件，而這名男子正是殺害高見雄太郎的兇手。男子名叫伊瀨耕一，他留下了遺書，供稱自己殺害了高見雄太郎。但並未交代犯罪動機和犯案的經過。在房間的抽屜裡發現了高見雄太郎的錢包，錢包裡的東西就和被偷的時候一樣。

愛知縣警也循線展開調查，幾乎可以確定伊瀨就是兇手。像是案發當晚，伊瀨曾租借過車輛，而該車的行駛距離也與到現場來回的距離一致等事項都得到證實。當然伊瀨當晚也沒有不在場證明。

然而有件事卻直到最後也未能查明。那就是伊瀨與高見雄太郎之間的關係。這兩個人之間存在著怎樣的關係，這一點始終是個謎。到頭來，警方只得以伊瀨因缺錢而租車搶劫，而受害者碰巧是雄太郎的結論草草結案。雖然破案了，但這樣的結論並不能令人信服。

「發什麼呆呢？」

耳邊的聲音讓香子回過神來。只見江崎洋子正一臉可怕表情地瞪著自己。

「怎麼回事？不好好工作會影響其他人。」

香子縮了縮脖子。

「很抱歉，因為我在想事情……」

香子馬上往賓客聚集的桌旁走去。這種時候還是先逃走比較好。

但是一邊給賓客倒酒，香子再次陷入了思考之中。這次的事件的確讓她無法釋懷。

——問題在於這一切都是巧合嗎？

香子想到了繪里的死和高見俊介。繪里過去的戀人是殺害高見雄太郎的兇手，而俊介又是高見不動產的總經理。從姓氏相同這一點來看，兩人之間或許存在有一定的血緣關係。說不定俊介其實就是高見雄太郎的兒子。而俊介又曾在繪里被殺的現場出現過——

如果說這一切全都是巧合，感覺似乎也太過牽強了些。芝田他們堅信這其中必有關聯。昨天他那種怪異的態度，就是最好的證據。

——如果這一切並非巧合……

香子開始覺得，俊介接近自己，說不定是抱有某種意圖的。

2

高見不動產的總部大樓位於銀座五丁目。在香子做著接待小姐的工作的時候，芝田為了與高見俊介碰面，來到大樓對面的喫茶店裡等候。白天，芝田便已經預約過了。因為對方事務繁忙，來之前還想能在公司的會客室裡聊個十分鐘左右就已經很不錯了，所以當高見提議如果晚上方便的話可以慢慢聊的時候，完全出乎芝田的意料。

——三十出頭，就已經當上了不動產公司的總經理了啊？

芝田抬頭仰望著聳立於夜空之中的大樓，無力地歎了口氣。俊介是現在的高見不動產社長高見康司的兒子，而康司則是雄太郎的弟弟。要說人家生來命好，倒也確有其事，但就俊介的學歷和之前的實績來看，本人也相當優秀。

——也難怪她會對他如此癡迷。

小田香子的表情讓他想到警戒中的貓。昨天，在回程的新幹線上，她似乎相當在意高見俊介與案件之間的關係。既然牧村繪里就是殺害雄太郎兇手的戀人，她會在意也很正常。芝田也是如此。所以今晚他才會跑來跟高見俊介見面。

本來上司對於芝田的報告並不抱什麼太大的期待。反而先抱怨他利用休假擅自行動，這種事情應該先和上司商議一番，搜查是一種團隊合作云云。如果先商量的話，鐵定會叫我不要去的，不是嗎？──芝田沒有說出來。

此外，老大對牧村繪里的戀人就是殺死高見雄太郎的伊瀨耕一這件事似乎也沒有什麼興趣。你呀，這一定只是巧合啦。如今高見不動產發展迅猛，積極將觸角擴展到各個領域。就算高見總經理出席了那場派對，這種事情也絲毫不足為奇。退一萬步講，那件案子根本就是自殺，不會有錯的。

然而芝田卻無法放棄。總而言之，他就是想調查一下高見俊介這個人。調查過情況之後，若是真的無法查明些什麼的話，那麼芝田自己也就死心放棄了。真拿你沒辦法，老大露出苦澀的表情，但是我並不鼓勵，注意別做得太過火，免得有人來告狀。我知道啦──芝田精神飽滿地回答。

七點整，一名身穿深綠色西服的男子出現在店裡。男子先是在店裡環視了一圈，注意到芝田身上的衣服之後，男子一臉緊張地走了過來。芝田穿了一件棕色的人字紋獵裝外套，這就是他們見面辨識對方的標誌。

兩個人正在向彼此自我介紹，服務生便已走了過來，高見點了一杯卡布其諾。芝田則續了一杯可可。

「您找我有什麼事嗎？報紙上看到報導是自殺吧。」

高見投來了窺探般的目光。之前的電話裡，芝田提到是有關接待小姐死亡的案件。

「也不是什麼要緊的事，就只是找您確認一下罷了。當然了，自殺的推測並沒有任何改變，就目前而言。」

「就目前而言？」

高見一臉驚訝的表情。芝田故意視而不見。

「那天您是第幾次出席『華屋』的派對呢？」

「第三次，」高見回答，「第一次是去年春天，第二次是秋天，然後就是這次了。」

「原來如此。您和『華屋』之間，就只是工作上的往來嗎？」

「在開設橫濱分店時，他們曾來找我幫過忙，從那之後便開始有了往來。」

服務生端來了卡布其諾和可可，兩個人間的對話暫時中斷。

「有關那個自殺的接待小姐，」芝田喝了一口可可後抬起頭來，「派對的時候，您有沒有和她說過話？」

「沒有。」

同樣喝了飲料後抬起頭來的高見輕輕搖了搖頭。

芝田覺得他說的應該是實話。之前香子曾經告訴過芝田，當時高見並沒有接近過繪里。同樣在那場派對的香子，目光似乎沒有從高見身上挪開過。

「我可以問一下嗎？」高見主動發問道。芝田默默點頭。

「您為什麼要來找我呢？雖然是相關人員，但我就只是出席了那場派對而已，我想應該是不太相關吧。」

高見的話裡帶著一絲嘲諷的味道，然而他也沒特別不高興。

試著套一下話吧。芝田心想。

「最近，我在調查牧村繪里小姐的自殺動機時，發現了一件很有意思的事。她過去的戀人竟然是伊瀨耕一。您應該知道吧？伊瀨耕一？」

「呃，」高見偏起腦袋說：「是歌星還是演員嗎？」

在演戲呢，芝田直覺這麼認為，對方明明知道還在裝傻。

「您不記得嗎？伊瀨耕一就是殺害高見雄太郎的兇手啊。」

聽到這裡，高見才一臉吃驚地張大嘴巴，接連重重地點頭。

「是那個人嗎？我想起來了。對，名字是伊瀨沒錯。那位小姐曾是那個人的戀人嗎？」

「這些都已經是過去的事了。所以我猜想，或許那場派對上她曾經和您接觸過，但是沒有這樣的事，對吧？」

「是啊，沒有。」

斬釘截鐵地回答過問話之後，「是嗎？原來她是——這可真是有夠巧呢。」高見又喃喃自語般地說道，旋即，他又換上了有著深刻五官的面具。真的是等級比我高上許多的男人，芝田也有點能夠理解香子的感受。

「那件案子發生時，高見先生您人在何處呢？」

「那件案子？您是指我伯父被殺害的時候嗎？」

「是的。」

「當然是在這邊。」

回答過問題後，「話說回來，那件案子與接待小姐自殺的事件之間有什麼關聯嗎？」

高見又轉而問道。

「目前還不大清楚，」芝田說：「只是要確認一下。任何蛛絲馬跡都不放過是我們的職責所在。」

「原來如此。」

高見端起杯子，喝光了剩下的卡布其諾。看著他把咖啡喝完，芝田問道：「發生自殺騷動的時候，您還留在酒店裡吧？」

「當時我和客戶正在大廳裡談生意。」

高見放下杯子說道：「要知道那位客戶的姓名嗎？」

「如果方便的話。」

聽芝田這麼說，高見從西裝的內口袋裡掏出了一個像計算機的東西，按了幾個按鈕，之後讓芝田看了看液晶面板上的文字。面板上顯示著對方的姓名和聯繫方式。這大概就是最近流行的電子記事本吧。

「真是方便啊。」芝田一邊往自己的手冊上抄寫，一邊感歎道：「大概可以記錄下幾百幾千筆資料吧？」

「是啊，但其實根本就沒必要。」

確認芝田抄寫完畢，高見把電子記事本放回口袋，「您還有什麼要問的嗎？」

「沒有。這樣就可以了，感謝您的配合。」

芝田低下了頭，抓起帳單站起身。這時高見突然出聲叫住了他：「請等一下。」

「那真的是自殺嗎？就目前而言——剛才您是這麼說的吧。」

高見投來了認真的目光。芝田有點驚訝，趕忙避開他的目光，但他隨後便又將視線轉回他的方向聳了聳肩。

「應該說……就目前的情況是自殺。但如果之後又發現了什麼新線索的話，那就另當別論了。」

「這樣啊……」

高見往窗外瞟了一眼，窗外只看得到高見不動產的大樓，從芝田手中抽走了帳單，「我來付。」

「啊，可是……」

芝田的話還沒說出口，高見已經走了。望著高見寬闊的背影，「那就謝謝了。」芝田跟著走出去。

3

工作結束之後，香子她們像往常一樣回到了準備室裡。業務員米澤正在房間裡等著。電視開著，正在播放小孩子看的卡通影片。

「辛苦了。」

迎接接待小姐的米澤說。

「米哥你可真是幸福。」

淺岡綾子瞥了一眼電視：「我們去應付那些老頭子時，你就只要躺在床上看看哆啦A夢。」

「不要這樣說嘛，獨自一人等待也是很無聊的啦。」

米澤嘟起嘴，關掉了電視。

「不要關掉啦，就你一個人可以享受啊？」

綾子又打開了電視。

米澤無奈地搔了搔頭，之後問道：「真野由加利小姐和角野文江小姐在嗎？」

房間的角落裡有兩位小姐舉起了手。角野文江她知道，但另外一位香子沒有印象。

「兩位辛苦了。」

米澤將信封遞給兩人。她們是兼職的接待小姐。與香子她們這些正職不同，兼職是工作當天領薪水。

香子梳理著頭髮，旁邊江崎洋子則在補妝。米澤走到洋子身旁。

「怎麼樣？那個叫真野的女孩？」

香子聽得到米澤小聲地對洋子說的話。

「挺好的啊。」

洋子回答，視線完全沒有離開化妝盒，「動作很俐落，對應從容大方，是個可以用的人。」

「是嗎？聽說她之前曾在皇家，看來應該是真的。」

米澤滿意地點了點頭，隨後走開。

在皇家待過？

這句話在香子腦海裡不停迴響。記得之前繪里也是。

見真野由加利收拾好離開房間，香子也跟著離開。由加利身材高眺，走起路來英姿颯爽。腰間繫的漆皮腰帶，更襯出她完美的身材比例。

香子叫她之後，她眼中露出了幾許疑惑。

「妳認識牧村繪里嗎？」

突然這麼問，由加利不由得表現出警戒的樣子，「妳是？」

「我叫香子，小田香子。」

「啊啊……」由加利的表情緩和了幾分，「是妳啊，繪里有提過妳。」

「那妳果然和繪里……」

「是朋友喔。可以說是最好的朋友。」

真夠巧合的。香子心想。這可是打聽繪里的過去的不二人選。

「要不要找地方喝杯茶？有些話想問妳。」

聽香子這麼說，由加利撥起長髮，「好啊。不過妳也得回答我的問題才行。」

「妳的問題？」

「還用說嗎？當然是繪里的事情啊。」

說著，由加利嫵媚地對香子眨了眨眼睛。

因為附近有由加利知道的店，所以決定到那裡去聊。那家店在大樓的地下層，入口像倉庫的大門。店裡倒很寬敞，左側是一條長長的L型吧檯。香子她們來到角落的桌子。由加利和一名貌似老闆的男子聊了幾句之後說道：「要密談，所以不要靠近這裡喔。」

「好了……」

由加利喝了加水的酒，蹺起長腿，「妳想問些什麼？」

「這個嘛……」香子瞄了她的鵝蛋臉，忽然對她的化妝技巧很好這種無關緊要的事感到佩服不已，要好好參考才行。

「妳和繪里認識多久了？」

由加利從手提包裡掏出香菸，先抽了一根菸。

「自從她到東京我們就認識了。我們是同時進『皇家』的。」

「最近有和她見過面嗎？」

由加利手指夾著香菸，稍稍偏起了頭。香菸的煙氣輕微地搖曳。

「大概在兩三個禮拜前吧。」

「當時都聊了些什麼呢？」

「為什麼要問這個？」

「為什麼……」

見到香子語塞，由加利像發現什麼好玩的事情，呵呵地笑了起來。

「也就是說，妳也無法接受吧？」

「接受？」

「繪里自殺的事。對吧？」

香子不知道該如何回答。沒想到會直接被問這樣的問題。從由加利之前的模樣來看，可以了解她來邦比宴會設計上班並非偶然。

「實在讓人無法接受。」

由加利在菸灰缸裡捻熄抽到一半左右的香菸。她的表情驟然變得嚴肅了起來，「她是不可能會自殺的。」

香子探出身子，觀察了一下周遭的情形，周圍似乎並沒有人偷聽，「妳該不會是為了調查繪里自殺的事情才到邦比來的吧？」

由加利聽了又笑了起來。

「沒錯，不過來這裡的頭一天就遇到妳，還真是幸運呢！妳大概也是對繪里的死抱有疑問，所以才來和我說話的吧？」

「嗯。」香子點頭。

「那我們就一起合作嘛。妳為什麼覺得她不是自殺呢？」

「這個嘛……就是這麼覺得，直覺吧。」

其實，剛開始時香子自己對繪里的自殺並不抱有任何疑問。受了芝田的影響，擔心高見俊介會不會跟這件事情有關，才開始有點想調查繪里的事情。但此刻和對方直說的話，可能只會把事情搞得更複雜。

「直覺啊？我也有這種感覺。不過仔細想想，這件事怎麼看都覺得哪裡怪怪的。是叫丸本嗎？你們的社長？雖然不清楚是個怎樣的男人，但繪里絕不是那種被愛情沖昏頭的人。再說，這年頭哪兒還有女人會為失戀自殺呢？」

或許是情緒有些激動的緣故，由加利的嗓門提高了幾分。兩、三名在吧檯的客人望了過來，由加利聳聳肩，伸手端起加水的酒。

「知道繪里以前的戀人嗎？」

由加利用幾乎很難聽見的聲音問道。

「以前的……伊瀨嗎？」

有點猶豫該不該說，但香子還是說出了口。由加利聽了滿意地重重點了點頭。

「既然知道這事，那麼她也應該是挺信任妳的。這件事繪里就只對少數幾個人說過。在東京的朋友中，恐怕就只有我和妳知道。」

香子不由得避開對方的目光，輕輕乾咳了一聲。儘管香子並非是聽繪里自己說的，但眼下還是不提這事為妙。

「來到東京之後，繪里也還一直在想伊瀨的事。想他為何會犯下那種罪呢。所以她說總有一天定要查明事情的真相。這次的案子讓我突然想到，她從皇家辭職來到邦比會不會就是因為這個目的？」

「所以說，我們公司可能有什麼問題？」

香子吃驚地問道。

「我不敢斷定，但我覺得有。她對皇家並沒有什麼不滿，聽到她突然辭職讓人感到很意外呢。」

由加利再次拿出一支香菸，「要抽嗎？」詢問香子。香子下意識地接過香菸，用由加利的打火機點上。剛意識到已經好久沒有抽菸，就想起來自己正在戒菸了。

「總而言之，說繪里和你們社長之間有一腿，實在是讓人覺得荒謬。」

由加利說：「雖然還沒到再也不與男人來往的地步，但她真的還一直很在意伊瀨先生的案子。最後一次和我見面的時候，她也還稍微提起過那件事。」

繪里是從一個月之前起，開始和丸本交往的。而由加利最後一次和繪里見面則是在兩三週以前。一邊與丸本交往，一邊卻還想著伊瀨的事情，確實有些奇怪。

「這事有沒有告訴過警方？」

香子試著問道。她想起之前芝田曾經說過，警方已經找所有和繪里親近的人問過話。

但是由加利，「沒有。」乾脆地回答。

「跟繪里一樣，我也不大喜歡警察，更不相信他們。特別是伊瀨先生的案子已經告一段落，警方怎樣都不肯重新調查。所以我才決定自己調查。」

「這樣啊……不過警方可是知道繪里就是伊瀨的戀人這事的哦。」

「真的嗎？是到繪里的老家那邊打聽到的吧。」

「也許吧。」

其實是自己也一起到名古屋打聽來的這件事還是不要提的好。

「要是繪里有寫日記什麼的就好了。」香子說。

「的確會這麼想。當繪里的父母要收拾她的房間的時候我曾去幫忙，可是卻沒有發現什麼有用的線索。她應該調查過伊瀨先生的案子，卻完全看不出來。」

「可是聽說有發現氰酸鉀的瓶子。」

香子把自己從芝田那裡聽來的情況說了出來。

「對呀，好像是這樣。還說這就是自殺的證據，我也很難反駁。」

由加利皺了皺眉，之後又一臉欽佩看過來。

「話說回來，妳還真清楚警方的動向。」

「剛好有一些管道。」香子敷衍道。

「哦？挺厲害的嘛。」

她投來了那就拜託了的目光，之後晃了晃裝著冰塊的玻璃杯。「繪里的父母說只要有喜歡的東西都可以隨意拿走，所以我就把她的CD和卡帶全都帶走了。現在我每天晚上都聽得很愉快，想像她生前都在聽些怎樣的音樂、思考什麼事情，其實也挺有趣的。」

由加利輕鬆而不帶感傷地談著這些事情，香子不禁感到有些羨慕，她們真的是好朋友啊。

「總之，既然彼此目標一致，那就來組成共同陣線吧。」

由加利舉起了玻璃杯，香子也一樣，發出了喀叮的聲音。

當香子與由加利分開，回到高圓寺的時候，已經是將近十一點了。兩人聊得相當盡興。

由加利似乎也對丸本心存懷疑。那個繪里，是不可能會對那種男人用情那麼深的。如果真的是故意接近丸本的話，那麼她一定是抱有什麼目的。所以我也打算試著和丸本接觸——說完這些話之後，由加利意味深長地笑了。儘管不肯說她打算用怎樣的手段，但聽起來卻洋溢著自信。

由加利和香子說了不少的心裡話，但直到最後，香子還是沒把高見俊介的事給說出來。當然她也沒說高見曾參加過那場派對的事。香子總覺得很難啟齒。

邊走邊想，不知不覺間，香子已經回到了公寓前。當她從公園旁經過時，不經意一瞥，一個熟悉的身影讓她停下了腳步。

芝田鬆開領帶，伸直雙腿在盪鞦韆。公園裡再看不到其他的人影。月光映出了他的影子。香子像是要踩著他的影子那樣站在他的面前。

「怎麼了？一副無精打采的樣子。」

芝田緩緩抬起頭來，「呦。」

「有氣無力的。」香子在旁邊的鞦韆上坐了下來，「哇，我都不記得自己有多少年沒盪過鞦韆了。真是開心。吶，好像有首鞦韆的歌呢？」

「我不知道。看妳今天心情特別好，遇上什麼好事了嗎？」

「也沒什麼好事啦，只是童心忽起罷了。」

香子絲毫不顧自己穿著迷你裙，使勁兒盪了起來。晚風吹到喝過酒後有些發熱的面頰上很舒服。玩夠了之後，香子試著問道：「吶，查到些什麼了嗎？」

「查什麼？」

「繪里的事啊！這還用說嗎？」

芝田縮回伸直的雙腿，搖了幾下鞦韆。生鏽的鎖鏈「吱吱」作響。

「我去見了妳的白馬王子喔，」他說：「試著跟他提了一下高見雄太郎被殺的案件，他卻很有技巧地蒙混過去。連伊瀨耕一的名字也不記得的樣子。」

「或許他真的是忘記了嘛。」

香子忍不住替俊介辯解。

「是在裝蒜啦。」芝田非常肯定，「怎麼可能會忘記殺害了前任董事長的兇手的名字呢？他在這種地方裝蒜，反而讓我覺得奇怪而忍不住盯著他。」

「你在懷疑高見先生？」

「事實上有特別做註記。」

「可是他沒有動機啊。為什麼高見先生一定要殺死繪里呢？」

香子窮追不捨。芝田並沒有回答香子的問題，說道：

「也是啦，他沒有下手殺害繪里這點倒可以確定。」

「什麼意思？」香子問道。

「他的不在場證明已經確認過。繪里被殺的時候，他正在大廳裡和人談事情。我也已經找對方確認過，這一點的確是事實。」

當時的情況香子也記得。

「對啊。對方是個長得像狸貓妖怪的大叔。那個人來之前，我一直都和高見在一起的。」

芝田瞥了一眼香子，之後又把目光投到了自己的腳邊。

「我知道他沒有直接下手。」

「你這種說法很微妙呢。」

「我並不認為他與案件無關——但也只是這樣。光憑我的直覺，是無法讓已經結案的案件翻案的。」

結案似乎就意味著繪里是自殺的。

「有調查過我們社長了嗎？」

因為丸本與繪里同樣出身於名古屋，所以昨天特地一起去了趟名古屋，但最終還是沒能發現繪里與丸本之間的交集。不過繪里是伊瀨耕一的戀人，那麼事情就應該不會那麼簡單。

「目前正在調查，不過猜想希望不大。」

「哦？所以你才會這麼無精打采的？」

「可能是吧。要是能抓住些什麼線索的話，可能馬上就會變得有精神。」

「沒辦法，那我就來告訴你一個本來不打算說的情報吧。」

香子故意避開芝田的目光說道。「情報？」香子能夠感覺到芝田投來的銳利目光。

「今天啊，我遇到一個很有趣的女孩。」

香子把真野由加利的事告訴了芝田。由加利也對繪里的死心存疑問，她推測繪里是因為想知道伊瀨那件案子的真相，所以才會跳槽到邦比宴會設計，芝田似乎覺得有意思，眼中閃爍著光芒。

「繪里是抱著某種目的跳槽的說法還挺有趣的。」

「對吧？由加利說這件事絕對和丸本社長有關聯，所以要想辦法接近社長，揪住社長的狐狸尾巴。」

「似乎比妳還剽悍啊？」芝田露出苦笑。

「我可不能和她比。話說回來，如果把這事告訴你的上司，他們會不會重新著手調查這案子呢？」

芝田閉上眼睛，輕輕搖了搖頭。

「不行的。這些證言只不過是由加利的推理罷了，光憑這些不能讓他們採取行動的。」

「是嗎？」香子嘟起嘴，「真是夠麻煩的呢。」

「就是說啊，」芝田說：「公家機關嘛。」

芝田從鞦韆上跳了下來，「走吧。」拍了拍褲腳，香子也跟著站了起來。

「關於那位由加利，」回到公寓，在香子的門口分別時，芝田眼神嚴肅地說：「請告訴她，行動還是要慎重一些。光是推理的話，並沒有什麼危險，但貿然闖入敵人的陣地可就不太好了。」

「我會轉告她的。」

香子點了點頭。其實她也有同樣的擔憂。

「還有，下次一定介紹她給我認識。想好好跟她聊一聊。」

「好，我會聯繫她的。」

「還有，」芝田擦了擦鼻子下方，「長得漂亮嗎？」

「漂亮，和我有的拼呢。」

香子眨了眨眼睛。

「那可真是值得期待呢。拜託了哦。」

「很快就會讓你見到她的。」

「那就晚安了。」

「晚安。」

然後香子回到了自己的房間。

4

三天後的午後。

芝田來到了「華屋」株式會社本部一樓的接待處。華屋的本部面朝銀座中央通，隔著馬路對面就是「華屋」的銀座店。

接待處的小姐請芝田在大廳裡等待。大廳裡並排放著二十張左右的桌子，占據了整個大廳一半的空間。每張桌子上都標有編號，而芝田則被要求到十號桌旁等候。

大約過了五分鐘，對方出現了。身材瘦小，雖然頭銜是宣傳課長卻是年輕男子，看上去似乎只比芝田大個幾歲的樣子。男子的名字叫做室井，打過招呼後，

「我就直接問了，那天『華屋』的派對聽說是由室井先生策劃籌辦的？」

芝田立刻切入了正題。

「是的。只不過……」

室井不安地左顧右盼。

「雖然是策劃籌辦，但也只不過是處理遵循慣例的業務罷了。感謝派對已經連續辦了好幾年了。」

很明顯知道，對方抱有很大的戒心。從芝田打電話來要調查接待小姐死亡的事件的時

候，他說話就一直是這樣的。

「雇用接待小姐也是以您的名義去辦的吧？」

「是的，但實際經手的人是我的下屬。」

「但委託邦比宴會設計這件事，您應該是知道的吧？」

「這倒沒錯……這其中有什麼問題嗎？」

室井的目光變得愈發地不安。芝田無視他的疑問，

「為何是邦比宴會設計呢？應該還有許多接待小姐派遣公司可供選擇的吧？」

直視這位瘦小的宣傳課長的眼睛。

「剛才我也說過，」室井舔了舔嘴唇，「只不過是因循慣例罷了。之前一直都是委託邦比宴會設計，而這一次也不例外，僅此而已。」

芝田啪地彈了一下記事本的封面，室井嚇得坐直了身子。

「冒昧請問一個很沒禮貌的問題，您在現在這個職位上做了多少年了？」

室井露出真的是很沒禮貌的問題的表情後，回答說「三年了」。聲音裡已經滲出了一絲不快。

「這可就奇怪了。」

芝田緩緩翻開記事本，目光在其中一頁與室井的臉上來回梭巡，「雖然『華屋』的感謝派對從很久以前就一直有舉辦，但以前一直都是委託東都派對服務。如果是因循前例的

話，那麼現在不是他們就很奇怪了，反而從一年半前開始，突然變成了邦比宴會設計。這究竟是怎麼一回事呢？」

室井的表情驟然變得很不高興，感覺就像是在說連這個都要查。這就是我們的工作。芝田在心中默念。

在調查丸本的過去時，芝田突然對「華屋」與邦比宴會設計的關係產生疑問。

有關丸本的經歷大致調查清楚了。從東京的大學畢業之後，在東方飯店的宴會課上了七年的班。其後，他不再當別人的員工，與朋友創辦了一家人力派遣公司，但低迷的業績一直沒有起色，因資金周轉不靈，於四年前散了夥。然而，一年半前，他再次創辦了專門派遣接待小姐的邦比宴會設計。以跟東方飯店的關係為中心擴展業務，如今邦比已經成為宴會接待派遣業界的中型公司。

這其中有兩件事讓人費解。其一，就是在退出人力派遣業，開始現在的工作的期間，丸本似乎回到了名古屋。據說當時他在老家的喫茶店裡幫忙，高見雄太郎被殺的案件就是在那段時間裡發生的。

另外一點，就是邦比宴會設計的發展為何會如此一帆風順。宴會接待派遣公司很多，而且大多數飯店都會與特定公司簽約，所以一家新公司要進入宴會派遣業界應該是很不容易的。然而邦比宴會設計的業績卻蒸蒸日上。雖然跟東方飯店的關係也是重要的原因，但真的只是這樣嗎？

而芝田因為這個事件到銀座皇后飯店去了一趟。接待他的人，是之前見過的那位負責人戶倉。

據戶倉說，會委託邦比宴會設計是從「華屋」的派對開始的。而且是「華屋」那邊指定的。因為在那個派對的評價還不錯，所以後來銀座皇后系列的飯店有時就會找他們。

只不過「華屋」為什麼要指定邦比宴會設計呢，至今依舊是無人知曉。

「怎麼樣呢？」芝田繼續追問。室井歎了口氣，之後羞愧地皺起了眉頭看著他。

「拜託你們不要洩露是我說的。」

「當然，我會保密的。」

芝田探出了身子。室井先是微微低頭，之後又抬起頭來。

「其實我們也不大明白，是上頭指示說，要我們委託邦比宴會設計的。」

「……這是怎麼回事？」

「就說我們也不大明白，這是業務命令。」

「上頭指的是？」

聽芝田這麼一問，室井的目光飛快地在周圍環視了一圈。之後盡可能壓低嗓門，「您可千萬別說是我說的啊。」再次叮囑，芝田用力點了點頭，跟他保證。

「是佐竹部長。」室井說。

「佐竹先生？他為什麼……」

「我也不清楚。大概是因為邦比宴會設計的人曾經找過他吧。」
說了之後，室井發現自己失言了，假意乾咳了一聲。
「佐竹部長今天在這邊嗎？」
聽到芝田的話，室井眼神顯得很驚慌。
「接下來就打算見佐竹部長嗎？」
他相當了解室井畏懼的心情。
「別擔心，跟你見過面的事我會保密的。」
「那就好……不過今天要見他應該是不可能，因為他挺忙的。要一直陪在常務身邊。」
「常務是指？」
「西原常務，社長的三公子。」
說完之後，室井發現自己又多話了，連忙閉上了嘴。
別過室井，芝田到櫃檯詢問是否能見佐竹部長。長頭髮的櫃檯小姐幫忙打了電話詢問，結果是今天太忙沒有時間。也是啦，芝田也才打消了念頭。
「佐竹部長是怎麼樣的人呢？」
芝田隨口向櫃檯小姐問道。她有幾許困惑，但依舊微笑著回答：「有點恐怖的人。」
「年齡呢？」
「我想是四十歲左右吧。」

「應該是個厲害角色吧？」

她笑著聳了聳肩說道：「應該是吧，我也不大清楚。」之後反問：「有什麼事情嗎？」

好奇心很強這一點，櫃檯小姐與尋常女孩沒有什麼差別。

「沒什麼。」

芝田回答：「哪怕是與案件毫無關聯的人也得打聽一下情況。這就是我們的工作。」

「真是有夠辛苦的。」

「真希望能找個人來頂替呢。」

感謝過對方之後，芝田離開了「華屋」的本部。

——佐竹部長嗎……

他之所以會盯上「華屋」，還有另一個原因。如果丸本與高見雄太郎被殺一案有關的話，那麼應該會跟高見俊介有某種關聯。

而這兩個人之間的交集就是「華屋」。

——事情怎麼變得越來越複雜了啊！

心懷著不妙的預感，芝田邁開了腳步。

這天傍晚，芝田和同事直井刑警一起來到了新宿。香子應該會帶著由加利過來，跟他們約好在這裡會合。

芝田試著對課長講述了有關由加利的情況，課長決定先聽對方怎麼說。還指示直井陪同前來。「徒勞無功」也是一種學習——芝田他們的老大這麼說。

儘管直井已經是個有家有室的人了，但年齡卻與芝田相差不大。穿的衣服雖然不是什麼名牌，卻相當乾淨清爽。或許是考慮到了今天的對象，才選擇了他吧。他的缺點就是身材不高，外加近來肚子開始大了起來。

在約定的咖啡廳裡等了五分鐘，香子她們便到了。正如香子之前所說的那樣，由加利不但長得漂亮，而且擁有不像是個日本人的高䠷身材。露出修長美腿的迷你裙裝扮，非常好看。

「這一趟真沒白來。」

在芝田旁邊的直井低聲說。「你可得好好感謝我喔。」芝田對他一笑。

簡單地自我介紹過後，

「我不大喜歡警察。」

由加利不客氣地說。她那充滿異國風情的眼角浮現出幾許挑釁的神色，「不過，香子說芝田先生是個值得信任的人，所以就答應她來見一面了。而且說到底這也是為了繪里。」

「這可不敢當。」芝田稍稍感到有些羞澀。

「一般的刑警可是不行的呦。」

在她旁邊的香子開口說道：「那些傢伙都不做事。不過他卻不同，只有他相信繪里不是自殺的。」

她的說法讓直井露出苦笑，「雖然不大喜歡這工作，但不會偷懶的喔。」

「那你們為什麼一口咬定是自殺的？」

「從各種證據來看，就只能得出這樣的結論來。你們應該也聽芝田提過一些吧？像是毒藥的出處、門閂的門鎖著之類的。」

直井像是在安撫小孩一樣說道。然而兩個人卻依舊無法接受。

「是詭計啦。」香子說。

「嗯，沒錯，是詭計。」由加利也說。

「看穿這些不正是你們的工作嗎？」

被兩人瞪著的直井，「真麻煩啊，」搔了搔頭，「好像是專程來找罵的。」

恰好在這時服務生過來了，端來了兩杯咖啡、現榨蘋果汁和肉桂紅茶。

「可以請妳講述一下大致的情況嗎？」

芝田趁機對由加利提起。她喝了一口肉桂紅茶，眨了眨眼，開口說道。

她所說的話，與前幾天從香子那裡聽來的並沒有太大的差別。如繪里應該是在調查與伊瀨耕一的案件有關的線索，同時也正是因為這件事才跳槽到了邦比的推論。然而這番推論卻沒有什麼證據。

況且她作為前提一直在強調的是，繪里是不可能愛上丸本的，所以也不可能會為了那種男人自殺。

芝田聽了這種一般說法，開口問道：「那找到什麼證據了沒有？」

由加利瞬間低下了頭，之後又抬起頭來搖了搖。

「是嗎？──那，接下來打算怎麼辦呢？」

她聳了聳肩，輕輕閉上眼，再次搖頭。

「不知道，以後再想。」

「不要貿然行事比較好，畢竟這是我們的工作。」

「嗯，如果能有你們出面的話，那是再好不過。」

說完，由加利淡淡一笑。

與香子她們道別之後，芝田和直井決定先回一趟本廳。電車裡問起直井有何感想，他稍微偏著頭，之後，

「可以理解她說的話，卻沒有什麼實實在在的根據。就是只有一項證據也好啊。」

「她們的確只是憑感覺說話，但我們也不能低估她們的嗅覺。」

芝田覺得比起「刑警的嗅覺」這種粗糙的東西，她們更靠得住些。

「不過那種狀況怎麼想都覺得是自殺。說這事與高見雄太郎那案子有關聯，是不是有點跳得太遠了呢？」

芝田沒有回答直井，把目光投向了電車外的景色。他也存有這種跳得太遠的想法。

「聽到這些話，老大也會感到困惑吧。」

最後，直井自言自語地喃喃說道。

第五章

有要事相商

1

案件發生後，已經過去了十一天。

香子稍稍提前一些離開了公寓，漫步在銀座的街頭。今天上班的地方也同樣是銀座皇后飯店。自打那天之後，香子就一直沒有去過那裡。像那天一樣，香子再次駐足於「華屋」銀座店前。不光只是開始工作前，每次到銀座來，香子都會順道去那家店看看。話雖如此，實際上香子也就是在玻璃櫥櫃外邊觀望一番罷了。

「啊，有了。」她喃喃自語地說道。

這一天，攫獲了香子目光的，是一條十八K金的臺座上鑲有鑽石的祖母綠項鍊。翠綠欲滴的寶石呈現半圓形，價格是——一千九百五十萬日圓。這價格似乎與平常那些首飾略有不同，出乎意料的便宜。

當她輕輕歎了口氣，依依不捨地從櫥窗前走開時，面前卻有什麼擋住了她的去路。

「果然是妳啊？」

曾經聽過的聲音。她緩緩抬起頭，看了看對方。

「哎呀。」她不知該如何應對。面前的人，並不能讓她感覺到開心。

「之前的派對妳也在吧？是我啊，還記得吧？」

「嗯，是……」

香子硬生生地擠出了笑容。

「華屋」的三公子西原健三。和上次一樣穿著白色的西裝。他的眼睛和鼻子和臉相比，依舊顯得很小。浮在那小鼻頭上的油脂，相當噁心。

「您記得可真夠清楚的呢。」

香子的話裡帶著一絲諷刺。明明不需要記住也沒關係——。

「那是當然。別看我這樣，我很會記女孩子的長相喔。」

一臉得意的表情。笨蛋兒子，這四個字浮現在香子的腦海裡。

「而且妳的髮型也挺特別的。妳平日裡也是這種有趣的髮型耶！」

「嗯？」

香子不由得摸了摸自己的頭髮。雖然在上班前，她仍梳著「夜會」髮型，把長髮攏起，在上方盤成饅頭一樣的形狀。來之前她先到美容院做頭髮。不是打工的正職接待小姐，有工作的日子都必須到美容院去一趟，而做頭髮的費用也得自掏腰包。

「呃，這是因為接下來要去上班。平常不是這個髮型，只是普通的長髮而已。」

香子抗議道。

「哦？啊，說得也是。難怪我會覺得這髮型很有趣。」

接著健三就哈哈地笑了。這個笨蛋，到底在想什麼？香子覺得很掃興。

「妳應該還有時間吧？不如一起去喝杯茶吧？」

馬上就出言相邀的習慣還是一點兒沒變。香子想要拒絕，卻也想不出什麼好的藉口來。

「並沒這麼多時間可以去喝茶，所以才會在這裡看看寶石，打發一下時間。其實挺想進店裡去看看的，只看不買的話對你們會造成困擾吧？」

香子瞟了一眼「華屋」的店內。早就想進店裡去看看了。

果不其然，健三立刻便上鉤了。

「什麼嘛，就這點兒小事啊，好，我來為妳做店內導覽好了。」

健三拍了拍胸口。「真的？好開心。」香子裝出一副雀躍的模樣。看來這白癡也並非毫無用處。

門口的女店員見兩人走進店裡，一臉緊張地低下頭。就是上次那個一臉不屑地看著香子的狐狸臉店員。應該是因為健三在的關係，平日裡那股囂張跋扈的勁頭消失得無影無蹤。香子長舒了心裡的一口惡氣。

整個店裡就像是個巨人的寶石箱。

地上鋪著暗紅色的地毯，排列著好幾座展示櫃。仔細看可以看到展示櫃的邊緣上都有裝飾。展示櫃裡面就是光與色彩的世界。進入店裡，首先看到的是戒指的區域。藍寶石、紅寶石、貓眼、還有黑色蛋白石、亞力山大石、星彩藍寶石，自然也少不了鑽石。

「妳知道所謂的『寶石』，指的究竟是什麼嗎？」健三在香子身旁問道。

「就是漂亮的石頭吧？」

「漂亮、堅硬。除此之外，還有一個重要的特點。」

「是什麼？」

「還用說嗎？就是稀少啊。」

聽到健三大聲吆喝，店裡的客人和幾名店員都扭頭看了過來。然而他卻絲毫不以為意。

「哪怕再美，若是這世上隨處可見的話，就不能拿來賣了。也不會有人承認它是寶石。上等的人造寶石比天然寶石更美，但人們卻依舊想要天然寶石。道理很簡單，因為人造的寶石無法滿足人們的虛榮心。」

中央稍微靠裡邊的地方，展示櫃排列成像櫃檯的樣子，前面放著幾把很舒服的椅子。此刻，椅子上正坐著一對上了年紀的夫婦，而妻子則轉身看了過來。

「嗯，也可以反過來利用這種心理，就像我們公司的感謝派對。」

健三一邊往珍珠的區域走去，一邊說道：「對了，妳朋友去世的那件事，沒看到那時候的報紙，怎麼樣了？妳知道嗎？」

香子故意偏著頭說道：「聽說是自殺的。」

「我也有聽說。妳似乎和她的關係挺不錯的，真是讓妳受累了。」

「嗯，是啊……」

「就是嘛，要是有什麼困難的話，就來找我談沒關係。」

說著，健三把名片遞給了香子。名片的正面上，煞有介事地寫著「株式會社華屋　常務取締役西原健三」的字樣。周圍鑲著金邊，左上角的「華屋」標誌也燙著金，相當低俗且令人眼花撩亂，完全反映出健三的個性。

「對了，機會難得，我就送妳什麼當做禮物吧。」

健三拍了下手，就像是想到了什麼好主意一樣。

「嗯？這……真的不用。」

「就別客氣了。妳是幾月出生的？」

「三月。」

說完之後，香子馬上覺得說錯話了。

「三月啊？不錯的季節呢，因為春天的到來而歡欣雀躍的季節。」

健三一邊說著俗氣的臺詞，一邊走到了展示櫃的前面。果不其然，他在珊瑚的前面停下了腳步。

「三月的誕生石是珊瑚，象徵著沉著、勇敢、聰明。完全就跟妳一樣呢。」

然後他叫了一旁的店員，指示他把紅珊瑚的胸針包起來。

「嗯，這……實在不好意思。」

香子還是推卻了一番，而對方也如她計算的再三堅持。比起這事來，她更後悔想都沒想就把真正的誕生月分說出來。早知如此，狠一點說四月或五月就好了。四月是鑽石，五月的則是祖母綠。

接過紮上了漂亮緞帶的胸針禮盒，香子再次表示了一番感謝。

「不用謝啦。比起這個，下次一起吃個飯吧。」

健三滿臉堆笑。香子雖然也露出友善的笑容，卻在心裡做了鬼臉。

香子解釋過自己差不多該去上班了之後，走出了「華屋」。因為健三不斷追問，香子只告訴他姓名和電話號碼。反正是查一下就會知道的事，誰教自己收下了胸針呢。

「我一定會再聯繫你的，一定會。」

隨著健三的聲音，香子腳步匆匆地走上了大街。

來到銀座皇后飯店時，已經是五點十分了。難得提早出門，還是險些遲到。心中浮現米澤拉長的臉。

今天的準備室是二〇五室。剛進房間，米澤看到香子就露出彆扭的表情，「小田小姐嗎？真是太好了。還以為妳遇上什麼事了呢。」

「也用不著擔心吧？我雖然會來得晚一些，實際上卻從來沒有遲到過哦。」

香子一邊抱怨，一邊走到房間裡面。淺岡綾子走到香子身旁，低聲說道：「不光是妳一個呦。」

「不光是我一個？」

「還有一個人沒到呢。而且今天就連江崎也是剛剛才到的。」

「主任嗎？」

香子偷偷看了一眼江崎洋子。洋子若無其事，動作俐落地打理著臉上的妝。最後一刻才匆匆趕到飯店這種事，是很少會發生在她身上的。

「然後呢，是誰啊，還沒來的人？」

綾子搖了搖頭。

「不大清楚。聽說是個兼職的女孩子，不過這下子會被辭掉吧。」

「兼職的女孩子？」

一絲不祥的預感，掠過了香子的心頭。

2

香子認為的不祥預感已變成了現實，是在夜裡下班回到公寓之後。

看隔壁的芝田似乎也已經回到公寓了。香子想著一定要去問問搜查的進展，進了自己的房間。

她從外面回來首先會做的事是漱口和聽電話留言。看了一下，不在的時候有電話打來的樣子。她播放了錄音帶。

「妳好，是我啦。」──立刻傳來很有精神的聲音。

啊，香子低聲說道，想起來了，是真野由加利的聲音。

「真野由加利，」聲音的主人也說道：「有很重要的事要商量。今晚下班後時間先空下來，拜託了。」

只說了這些便掛斷了電話。

──重要的事要商量？今晚？

香子不由得倒吸了一口氣，心跳的速度也隨之加快。她翻出電話本上才記下沒多久的由加利的電話號碼，握起聽筒，慎重地按著號碼。

鈴聲已經響了好幾遍，卻遲遲不見有人接起電話來。

香子趕忙衝出房間，敲了隔壁的房門。

「怎麼了，有什麼事嗎？」

芝田滿臉睡容地出現在門縫的後面。

「不好了，現在快跟我一起去一趟由加利住的地方。」

「由加利？是上次談話的女生嗎？發生什麼事了？」

「我也不清楚，但情況似乎有些不大對勁。」

「請等一下，到底是怎麼一回事？」
「路上再說吧，比起那個請先去換衣服吧。」
芝田察覺香子的神色很不尋常，沒有再多問，說了句：「好吧我知道了。」便轉身進了房間。五分鐘後換好衣服再次出現。
之後兩個人前往由加利的公寓。公寓位於北新宿，米色的四層樓建築，所有房間都是一房的格局，隔著馬路另一邊是小學的操場。
由加利的房間在四樓的邊間。
而由加利就死在這個房間裡。

3

室內一片狼藉。
房間並不寬敞，日式格局來說大概只有六疊。進屋後左手邊是流理臺，對面是衣櫃，而右邊則是制式浴廁。窗旁放著床，櫃子排列的方式則像是要把床圍起來。櫃子上放著電視機、錄影機和ＣＤ組合音響，櫃子中的化妝品多到要滿出來。
「這麼小的房間裡，居然能收納這麼多東西。」
芝田的上司松谷警部在屋裡環視了一圈，感到有些佩服。之前應該是整齊的收納，但現在完全看不出來。

地上雖然鋪著毛毯，但凌亂到幾乎看不見。衣服、內衣、雜誌、信件、錄音帶、報紙，總之原本應該是整齊收納在房間裡某個位置的所有東西，全都如同遭遇了小型的風暴一樣，散落一地。連站的地方都沒有。

而這個家的主人真野由加利，則仰躺著死在窗邊的床上。

很明顯是他殺，可以判斷出是被掐死的。雖然衣著凌亂，卻沒有遭性侵的痕跡。

「你昨天與被害者見過面吧？」

松谷用有點沉重的語氣問道。

「嗯。」芝田點頭。當時的報告已經在昨天整理好了。

「是被害者對牧村繪里的自殺抱有疑惑嗎？」

「是的。」

「但目前她還沒有掌握任何證據——至少到昨天為止是這樣的吧？」

「她是這麼說的。」

芝田語帶保留。由加利也未必有把所有的情況都說出來。

「如此說來……是在昨天到今天的這段時間裡，情況出現了變化？」

這話感覺並不是在問芝田，而是松谷在自言自語。

芝田沒有回答就走開，對著幾乎趴到地上的鑑識人員問道：「有毛髮之類的東西嗎？」

戴著金框眼鏡的鑑識人員盯著地面搖了搖頭。

「目前沒有發現，應該都是被害者自己的頭髮。」

由加利是接待小姐所以留著長髮。

「指紋呢？」

「採到了一些，不過可能希望不大。兇手戴著手套呢，所以門把上也只有被害者的指紋。」

「茶杯上的指紋呢？」

「同樣也是被害者的。」

「原來如此。」

房間的角落裡放著托盤，上面有兩個茶杯，看起來像是今天可能有客人來過的樣子。

芝田正要把腰伸直的時候，直井走進來對松谷說道：

「隔壁的女子記得今天有客人來過這個房間。三點左右有聽到聲音。」

據直井的說法，今天就在那位女子要出門之前，聽到隔壁的房間——也就是由加利的房間的門鈴響起。由加利應該是開了門，還說了「你好」，沒有聽到對方的聲音。然而對方卻的確進了房間，當時大概是三點左右。那位女子剛剛才回到家，並不清楚由加利的客人是什麼時候離開。

「三點有客人來過……如果那就是兇手的話，被害者和兇手在七點之前又幹了些什麼呢？」

松谷抱著雙臂思索了起來。由加利的死亡時間估計在七點到八點之間。

「應該不是只有聊天。」

直井環視屋內說道：「這可真是亂啊。」

「嗯，兇手會不會是在找什麼東西呢？」

「在找什麼呢？」

「要是知道的話，就不必這麼辛苦了。」

接著芝田和直井依規定詢問香子。香子在一樓的停車場等候，這時情緒應該已經平靜下來。

香子正在為自己的疏忽大意感到無比悔恨。想到說不定能救由加利一命，就讓她自責不已。

今天上班，聽到有兼職的接待小姐無故缺席的時候，便已經感覺到事情有些不大對勁了。工作結束後，聽到那個接待小姐就是由加利，讓香子愈發不安。之後的那通留言，讓她確信一定是發生了什麼事，而立刻趕了過來。

如果最初感到不安的時候，立刻跟芝田聯絡的話，或許可以救由加利也說不定。一想到這裡，香子的心便會往下沉。

身穿制服的警察陪著，香子坐在警車裡等待。芝田和直井坐了進來，原本以為之後要到其他的地方，結果不是，他們只是進行詢問。

儘管如此，也只是芝田已經知道的事再確認而已。找房東借來鑰匙的人也是他，發現屍體當時的狀況，他知道的應該比香子還清楚。

「她是在什麼時候打電話來的呢？」芝田問道。

「是在我去了美容院之後，所以應該是一點以後。可能是認為我還會回來，所以才在答錄機中留言。」

如果遲一些再去美容院的話，或許能直接聽到要商量的事情。

「應該沒有她只跟妳說、卻瞞著我們的事情吧？」

對於芝田的問題，香子依舊低著頭，然後搖了搖頭。

「沒有。我原本就打算把知道的全都告訴你。」

「即便只是妳的推測也沒有關係。」芝田先這麼說，「妳覺得兇手到底在尋找什麼呢？看到屋內被翻成那樣，妳不覺得有些奇怪嗎？」

「我也覺得奇怪，卻想不出來。她該是沒有什麼證據才對。」

再度感到難過，香子雙手捂住了臉，芝田和直井之後沒有再問她什麼了。

4

隔天下午，芝田和直井一同去了在赤坂的邦比宴會設計的事務所。和上次來的時候一樣，員工似乎都忙著工作。電話響個不停也跟上次一樣，或許其中也有打來詢問真野由加利之死的電話。

看樣子沒人會理會芝田他們，兩人逕自順著通道前進。丸本正在窗邊的位子看報，見到刑警們，趕忙合起報紙，站起身來。今天來這之前有先聯絡過，要詢問一些有關兼職接待小姐真野由加利遇害的事情。

又被帶到簡單隔開的會客室裡。

「還真是嚇一跳，聽說被殺的人是繪里的好朋友。」

丸本主動開口。雖然一臉嚴肅地皺著眉，但不清楚他心裡究竟怎麼想。

「您完全不認識真野由加利小姐嗎？」芝田試著問道。

「不認識。」

丸本點了點五官模糊的臉，「畢竟只和繪里交往了一個月，對於她的交友情況幾乎一無所知。」

這句臺詞已經從這個男的嘴裡聽過不止一次，但每次聽到，芝田都感覺他是故意這麼說。

「那您見過真野小姐嗎？」

直井在一旁問道。

「沒有。」丸本立刻回答道。

「可是她不是在這裡工作過嗎？昨天本來也是。連跟她面試之類都沒有嗎？」

丸本的臉有些扭曲，搔了搔下巴。

「不，我沒有直接見過她。有專門負責的人決定是否雇用兼職的女孩子，我只是接到報告後批准而已。」

一副社長不會過問這些雜事的樣子。

「在繪里的葬禮上呢？有見到真野小姐嗎？」

芝田推測由加利應該有出席，試著問道。然而丸本的回答卻出乎意料。

「這個嘛……我沒有出席那場葬禮。」丸本說道。

「沒有出席？為什麼呢？」

「我覺得沒有資格去……繪里的父母看到我的臉應該也會不高興吧。發過電報，也送了奠儀，但全都被退了回來。」

丸本閉著雙唇，露出滿臉苦澀的表情。芝田難以判斷這表情究竟是發自內心的，還是故意裝出來的。但戀人死去卻不參加葬禮的心態，讓人感到難以釋懷。

「有關繪里小姐自殺的事……」直井故意慢條斯理地說：「是否有人來詢問過您，或者是被問過什麼事呢？」

他大概是考慮到由加利可能以某種形式跟丸本接觸過，所以才會這樣問吧。但丸本還是否認，說道，從來沒有這樣的事情。

因此芝田他們決定撤退。

再糾纏下去只會適得其反。站起身來的時候，直井順口問了一下丸本昨天白天到夜間的不在場證明。

「不問的話我們會被上司念的，報告也不好寫。請您不要介意。」

「我並不介意，真是辛苦的工作呢。」

說著，丸本拿出記事本，裡面似乎記著行程，「昨天一直到四點左右都待在公司，之後到街上逛了一會兒。然後到銀座去，吃過飯，喝了一點酒之後就回去了。」

芝田詢問了用餐的店和喝酒的店的名字，記了下來。只不過丸本卻說不記得具體的時間。直井說這邊會去調查。

離開會客室後，芝田他們見了負責雇用接待小姐的人。是個面色白淨，身材矮小，看起來有些弱不禁風的男性。

據這名男子說，由加利是在繪里自殺騷動之後第三天來應徵邦比宴會設計的工作。雖然本人直接過來，而當時丸本也的確不在。

「因為是從皇家宴會設計出來的，幾乎都會錄用。能有一些兼職接待小姐的話，需要的時候就能幫很多忙。近來從事兼職接待小姐的女孩子多了不少，那些想當歌手和藝人的女孩，應該是想要有一些時間可以去上課吧，做全職的話就有很多限制。」

負責人是個多話的男子。

「對於前些日子的自殺騷動，她曾說過些什麼嗎？」芝田問道。

「這個嘛……」

男子偏起頭，「這麼說來，說了真糟糕呢……這一類的話吧，不過我當作沒聽見也沒有回應。」

「這樣啊？」

道過謝，芝田他們便離開了事務所。

新宿署的搜查本部裡，松谷正等待著芝田他們，打算詢問跟丸本接觸之後的感想。直井簡要地說明，松谷反而露出了複雜的表情。顯然是難以判斷吧。

幾人決定要儘快確認丸本的不在場證明。

「關於由加利的男性關係，有查到什麼嗎？」

報告完畢之後，直井問道。這個事件的搜查方針，分成了與牧村繪里的自殺有關和無關兩條線。如果無關的話，首先考慮的就是男性關係。實際上，從由加利的房間裡陸陸續續找到了記錄著許多男姓名字的電話簿和有些可疑的名片。

「目前正在分頭調查，但被害者的交際範圍似乎挺廣的。學生、上班族、撞球酒吧的經理、運動教練、攝影師、創意總監……簡直就像職業項目的評選會，其中還有圍棋老師。」

松谷看著筆記，生氣地說道。

「其中是否有與繪里的自殺有關聯的人呢？」

芝田試著問道。

「似乎沒有。不管是哪一個，這些男的感覺只是過客罷了。」

松谷用食指彈了彈筆記。

隨後，芝田懇請松谷讓他到名古屋。繪里的死必定與三年前高見雄太郎被殺的事有關，他希望能夠在那裡重新調查。

「這事剛才已經和課長提過了，他也說了要派人過去。只不過千萬不要做出會刺激到愛知縣警的事。對他們來說，這是已經解決的問題，如果讓他們覺得我們是來翻案的話，今後要請他們協助就很困難了。」

「我知道了。」

只要去名古屋一定會有所斬獲——芝田有這樣的預感。

夜裡，四處搜查的刑警全都聚集到一起舉行會議。

首先是解剖的結果已經出爐。死因以及死亡時間並沒有太大的變更。值得一提的是，服用安眠藥這一個事實。關於這一點，有報告指出，現場的一隻茶杯中檢測出了微量的藥物。

然後是住在真野由加利樓下的學生的證詞。五點左右，由加利的房間曾經傳出聲響。當時以為是在打掃房間之類的。

至於由加利的男性關係。從結論上來講，由加利最近並未與任何男子見過面。跟她聯絡過，但收到的回覆是太忙無法碰面的男性有兩名。

關於不在場證明，也是有人有，有人沒有。畢竟，光是發生過肉體關係的男子就有九名。其中的三人根本想不起由加利是何許人了。

而提到不在場證明，丸本的不在場證明已得到了證實。七點之後，他在銀座。有好幾位酒店小姐都是證人，應該是不會錯的。目前為止，丸本是犯人的可能性已經排除了，但是——

「除此之外，有件事讓人有點在意。」

調查男性關係的一名搜查員故意以炫耀的方式說道，「案發前夜，有名男子曾接到真野由加利的電話。是在作創意總監、裝模作樣的男子，據那傢伙說，當時他被問了一些奇怪的問題。」

「奇怪的問題？」

松谷說話的同時，在一旁聽的芝田他們也探出了身子。

「他被問到不是有一家叫『華屋』的珠寶店嗎？它的社長是誰。雖然該男子回答說不知道……」

「華屋。」

芝田嚥了口唾沫。

5

「妳好，是我啦。真野由加利，有很重要的事要商量，今晚下班後時間先空下來，拜託了——」

由加利的聲音在香子的腦海中不停地迴響著。雖然只是剛認識不久，沉重的心情就像是失去了重要的摯友一樣。

即便如此，還是有能讓她稍微打起精神來的事。香子一到家，便接到很久沒有消息的高見俊介的電話。沒什麼要緊的事啦，就是想問問最近如何——雖然今天的晚報有刊登，但他的語氣像是不知道由加利的事。

「我拿到了芭蕾舞的票，怎麼樣呢？是後天。很抱歉現在才說。」

香子自然是ＯＫ。雖然還有工作，只要自己找到可以代替的接待小姐，自己付薪水就行了。借此機會，希望能擺脫陰鬱心情。

「那就後天來接妳。」

俊介用沉穩的聲音說完，掛斷了電話。

——事先買下芭蕾的書真是太好了。

香子最先想到的，便是這個。

聽到芝田回家的聲音已經是時鐘顯示十二點之後了。香子沖過澡，正獨自一人喝著啤酒。

沒一會兒，門鈴便響了起來。香子前去開門，芝田正一臉倦容地站在門外。

「急事嗎？」

芝田揮動著手裡的紙條。紙上寫著：「請到我房間。香子」這是之前塞到郵箱裡的。

「想請你來喝杯茶。我想你大概也挺累。」

芝田微微一笑，說了句「謝謝」。之後他把手裡的紙條仔細疊好，塞進褲子的口袋裡。

與其喝茶，還不如來點兒啤酒。香子便把罐裝啤酒和杯子遞給他。芝田一口氣先喝光了第一杯，但表情依舊有些陰鬱。

沒有精神的原因，香子在聽他邊喝啤酒邊娓娓述說之後漸漸明白。是因為最為可疑的丸本有不在場證明的關係。

「不過也並非完全沒有進展，可以感覺『華屋』一定涉入其中。」

芝田提到由加利曾向男性友人詢問過「華屋」社長的事。

「跟『華屋』有什麼關係嗎？」

「不清楚。不過我從以前就已在注意『華屋』。」

芝田對「華屋」感謝派對的接待小姐派遣委託邦比宴會設計這件事，一直存有疑問。此外，丸本與高見俊介的接點就是感謝派對這點也令人介意。

「我試著調查了一下『華屋』委託邦比宴會設計的事。是佐竹部長這位男性推薦邦比的，我也去見了這個男的。」

「如果是佐竹的話我知道。」

香子回想起了派對當時說道。

「長得就像骷髏、一臉陰沉的男人對吧。是幫『華屋』三公子收拾善後的人。」

「妳還真清楚，是這樣沒錯。雖然有試著問那位佐竹啦，他卻說改換接待小姐公司這事並沒有什麼特別的理由啦。只是因為可以比之前找的那家便宜，就選擇邦比罷了。不過這是假話。就憑這麼一點理由，部長就親自出面指定接待小姐派遣公司，這種事情是不可能的。」

「會不會是收受了賄賂呢？」

香子隨口說出了自己的想法。提到企業之中有什麼不對勁的時候，總會認為跟賄賂有關。

「或許吧。但就我而言，總覺得與繪里小姐的案子並非沒有關係。」

「怎麼樣的關係呢？」

「這一點目前還不清楚。不過聽到由加利小姐調查過『華屋』的事之後，就愈發確信了。」

芝田把空罐往吧檯上一放，走到音響前面，確認放在裡面的卡帶的名稱之後，按下了開關。播出的是柴可夫斯基的《睡美人》。

「還在研究古典音樂嗎？」

他兩手叉腰，看著卡帶回轉著。

「不只是古典音樂，」香子說：「是在研究古典芭蕾的音樂喔。」

「原來如此。原來那位唐璜還是個芭蕾迷啊。」芝田百無聊賴地看著卡帶盒的目錄說道：「要討王子歡心還真辛苦呢。」

「真的是這樣呢。看，這些書。」

香子從靠在牆邊的紙袋裡抽出三本書來，放在芝田面前，每本都是剛買下來的。古典芭蕾入門、欣賞芭蕾的方法、芭蕾舞者的故事。都是預算之外的開支。

「或許是我多嘴啦，」

芝田一邊翻閱著三本書，一邊小心翼翼地開口，「不覺得這種作法不太好嗎？不是應該要更自然地相處嗎？」

「咦？為什麼？」

「為什麼……妳也會累吧？」

「我完全不會累喔。只要是為了嫁入豪門，怎麼辛苦都無所謂。」

「哦……」

「我啊，夢想就是在國外擁有別墅。在歐洲買下古老的城堡，夏天或其他時候就一直住在那裡。有了城堡，當然會有寶石，來自全世界的寶石喔。還要從『華屋』訂一大批貨。吶，為了這些，錢當然是必要的吧？」

「一般來說的話。」

芝田不太有興趣地回答。

「在這一點上，他是個理想的對象喔。還很年輕，而且今後應該還能賺更多呢。」

「說得也是。抱歉還是要提醒一句，他可是高見雄太郎的侄子。還不能確定和這次的案子沒有關係喔。」

「可是繪里的時候，他不是有不在場證明嗎？」

「這倒是沒錯啦……」芝田放下手裡把玩的卡帶盒，站起身來，「差不多該回去了。

明天還得早起呢。音響要關掉嗎？」

「讓它開著吧。還得多研究一下芭蕾才行，後天要和他去看《天鵝湖》呢。」

芝田什麼也沒說，向著玄關走去。香子說了句「晚安」，他連頭也沒回，只是抬了一隻手回應。

第六章

兩個男人的軌跡

1

由加利被殺後的第三天早晨，芝田搭乘開往名古屋的新幹線。搭檔是直井。雖然是自由席，兩人還是能夠坐在一起。但和香子一起的時候不同，兩個男人坐在一起並不會讓人特別高興。唯一的好處，就是不會無聊。

東京地區下著小雨，越往西走，天氣也漸漸地晴朗了起來。但還沒有晴朗到能看到富士山。

交換看過體育報紙和週刊之後，先看完的直井大大伸了個懶腰，順帶吼了一聲。

「男性這條線似乎是行不通。」直井一邊鬆開領帶一邊說道。目前還沒有從由加利的男性關係查到任何線索。而且呈現今後也查不到什麼線索的跡象。

「還是得靠牧村繪里這邊嗎？由加利究竟是掌握了些什麼呢？」

或許是由加利活著的時候有見過面，直井的聲音充滿不尋常的感傷。

「由加利曾經提到『華屋』，到底是知道些什麼了呢？」

芝田闔起報紙問道。

「昨天聽說有去調查，對真野由加利的名字有印象嗎？沒有——西原社長立刻否認。」

「社長是叫西原正夫吧。知道有刑警前來，有做出什麼反應嗎？」

「沒什麼特別的，就是不高興吧。為什麼一個小姑娘被殺害的事件，自己也會被捲進去之類的。不過為什麼會這樣我們也清楚啦。」

「可是我覺得『華屋』不會沒有關係。因為牧村繪里就是在『華屋』的派對結束後不久死去的。那場派對，西原家的人當然也都出席了。」

「家人嗎……對了，昨晚隊長說了件有意思的事。」

直井說話的時候，車內販售服務的乘務員剛好經過。芝田買了兩份咖啡加三明治。

「什麼有意思的事？」

芝田小心翼翼地往咖啡裡加入牛奶，問道。

「『華屋』的繼承問題喔。現在西原正夫是社長，長男昭一是副社長，但據說下任社長卻未必會是昭一——還不錯耶，這個咖啡。」

直井忍不住稱讚了紙杯中的咖啡。

「那麼就是還有其他候選人嗎？」

「是啊，次男卓二是旗鼓相當，三男健三則是匹黑馬。總之正夫一時間應該不會有什麼問題，似乎不急著下決定呢。」

「兄弟間激烈廝殺嗎？」

「西原正夫似乎就喜歡這種事。不過眼下卻有人介入這場骨肉之爭，就是佐竹這個男人。」

「我知道這個人。」

芝田還記得那深陷的眼窩和沒有表情的嘴角。是絕對不會表現出自己真正的想法的類型。「那個男的要對抗三兄弟嗎？」

「好像也不完全是這樣，其實，幾年以前正夫曾跟健三斷絕關係。雖然現在也是啦，據說健三當時行徑特別荒唐，常偷拿店內的商品什麼的。而取而代之冒出頭的實力者就是佐竹。總之呢，跟外國人做生意很有一套。還計畫將來把關西的部分托付給他。」

「但是，計畫一直沒有實現。」

芝田咬了一口火腿三明治。

「沒錯。又跟健三恢復了關係。雖然詳細情況不太清楚，但正夫就是改變了主意。而且讓佐竹負責輔佐健三，他被移到這種不太好坐的位置。」

「為什麼正夫會改變心意呢？」

「這就不清楚了，終究還是心疼兒子吧。哪怕他再怎麼不成材。」

列車已經過了濱松。直井趕忙打開三明治的包裝。

儘管兩個人一路上都在談論「華屋」的事，但今天前往名古屋的理由，卻與「華屋」沒有絲毫的關係。他們的目的，是要重新調查高見雄太郎被殺當時的情況，還有深入了解丸本在名古屋時的生活。繪里和由加利正在調查什麼，如果能發現她們所調查到的證據是最好不過，但應該是不太可能。

十一點差幾分抵達名古屋。

兩人從名古屋車站搭計程車前往位於中區的愛知縣警本部，北邊就是名古屋城。和刑事部長打過招呼之後，來到搜查一課。接待他們的是一位名叫天野的搜查員。天野滿臉鬍子，感覺像從事勞動工作的人。

「真的是很難說清楚的事件呢，那個啊。」

天野一邊翻閱資料，一邊露出苦澀的表情，「伊瀨耕一就是兇手——這一點還好，也都有證據證明。問題在於他和高見雄太郎的關係，什麼都沒有，完全找不出來。最後只好以伊瀨為了搶奪錢財臨時起意，而高見雄太郎恰巧是被害者的說法來定案了。」

「伊瀨很缺錢嗎？」芝田問道。

「似乎是這樣。雖然想要成為一名畫家，但那個世界可是相當嚴苛。伊瀨的老家在岐阜，但也不是富裕到能夠援助他。」

沒有金錢和關係是當不了畫家的說法，芝田也曾聽過。

照慣例還是抄下伊瀨耕一老家的地址。

「伊瀨的個性怎麼樣呢？像會做出這種事的人嗎？」直井在一旁插嘴問道。

「根據認識的人的說法，是有些懦弱，怎麼都不像是會做出殺人這種事。不過，或許就是這種人才會……也可以這麼想。」

「正如您所言，」直井點頭道，「這種人才可怕。」

「高見那邊也說不認識伊瀨，對吧？」

對芝田的問題，「當然。」天野回答。

「從工作的關係到個人交際，都進行過徹底的調查，卻找不到任何關聯。會不會是高見雄太郎對繪里抱有興趣，這類的關係也有設想過，但據說從來沒有這種事，伊瀨這傢伙也是，既然要留下遺書自殺，那就該寫得詳細一些嘛。」

天野一臉不快地說道。

「能讓我們看一下那封遺書嗎？」

芝田說：「可以呀。」說著，天野將文件轉到他的方向。遺書的影本貼在上面。上面，相當工整的字跡寫著：

愛知縣警：

殺害高見雄太郎的是我，還請原諒。

繪里：

能跟妳一起聽披頭四，很幸福。

伊瀨耕一

「真簡潔啊。」

芝田身旁的直井嘀咕了一句，又向天野問道：「是伊瀨寫的沒錯吧？」

「做過筆跡鑑定，不會錯的。」

天野有些嚴肅地回答，口氣彷彿在說「怎麼可能犯這種初級的錯誤呢」，就是說啊，芝田也這麼想。

天野又補充說道：「伊瀨是自殺也不會有錯的。因為殺了人讓它看起來像縊死這種事在現今幾乎是不可能的。」

「聽說是在自己的房間裡上吊的？」芝田問道。

「對。」

「是怎麼上吊的呢？」

「天花板附近裝了一個開閉式的換氣口，把繩子掛在那裡。發現者是位住在公寓裡的主婦，到曬衣場的時候，隔著玻璃看到屍體垂掛在下面而大聲地慘叫。」

真可憐，芝田很同情那位主婦。

「你們也與牧村繪里見過面嗎？」

直井問道。

「見過。」天野點了點頭，「聽說她前些日子在東京過世了。」

「嗯——她對伊瀨行兇的事，知道些什麼嗎？」

「似乎是不知道呢。她得知伊瀨自殺時失控的樣子，我到現在都還記得……」

這似乎意味著看起來不像是在演戲。

「還有沒有其他跟伊瀨比較親近的人呢？」

「美術大學時代的朋友，有位叫中西的男子。但與案件沒有關係。案發時正在公司裡熬夜加班，而且還有證人。是一家設計公司。除了中西之外，似乎就沒有跟伊瀨比較熟的人了。」

芝田向天野詢問那間設計事務所的住址並抄了下來，就在名古屋車站附近。

「高見雄太郎到現場去的理由，直到最後都不清楚嗎？」

芝田問道。

「不清楚。但，有一種可能的推測，伊瀨該不會用了某種手段把高見約了出來……之類的，但支持的證據一樣也沒有。」

天野露出苦澀的表情。

「高見雄太郎死後，獲益最大的人是誰呢？」

直井意有所指地問道。可以聽成是在懷疑伊瀨的犯案背後其實是另有隱情。

「說不出來誰有得到好處呢，就我們的搜查範圍來看。」

天野用有點謹慎的方式回答，「接下來的社長由他的弟弟康司接任，但不算得到好處吧。相反的這個事件讓高見家損失相當慘重，連女兒的婚約也被取消了。」
「婚約？」芝田問道：「怎麼回事呢？」
「當時高見雄太郎的女兒即將要訂婚，可是，發生了這個案件，變得實在無法再去談這種事了。」
「哦……」
這個事件對高見家來說的確是場噩夢呢。
離開縣警本部之後，兩人依照天野告知的訊息，打電話到設計事務所。接電話的就是中西本人，芝田便說明之後想和對方見面。雖然從東京過來的刑警這點讓他有些遲疑，但中西還是答應了見面。
「伊瀨缺錢這件事我知道。我們有同學實際成為畫家的人很少，大多是到學校當老師，做設計相關的工作。也曾經勸過伊瀨這麼做，但他卻說他的個性不適合做普通的工作，就靠著畫肖像畫掙錢糊口繼續作畫。」
在設計事務所，芝田他們見到了中西。中間放著四張製圖桌，有兩個人正在使用。一名男子和另一名看起來像大學生的女性。製圖桌的周圍亂七八糟。稍遠的地方放著簡單的會客桌椅，在那裡開始談話。
中西身材高大，卻配上娃娃臉，看上去就像是有些顯老的學生一樣。正在發胖，襯衫的鈕扣要繃開的樣子。

「那麼對他的犯案，您也覺得可以理解嗎？」芝田問道。

「有一點吧，」中西說道，「不過還是相當驚訝啦。」

照例問了一下是否知道他與高見雄太郎有什麼關係，他說完全不知道。因為只是跟隨著愛知縣警的調查軌跡，最初並沒有期待什麼。

芝田說了牧村繪里的名字，中西不知道她已經死了。聽到是在東京過世，眼神變得很悲傷。

「最後一次見到繪里小姐是？」

「她去東京之前。來和我打聲招呼。」

「當時她的樣子看起來如何？對伊瀨犯案，有沒有說些什麼呢？」

「這個嘛……」

中西怔怔地望著牆壁的方向。那裡貼著玻璃工藝展的海報，他顯然不是在看那個。

「最後會面的情況我不太記得了，不過當時她看起來總是心事重重的。跟因為案件受到打擊而變得沮喪不太一樣。」

之後芝田又說了丸本和「華屋」的名字，問看看是否能想到什麼。「華屋」知道，不過只是因為它很有名。

離開中西的事務所後，芝田和直井在名古屋的地下街吃了咖哩飯。看著年輕男女從店的前面走過。

「名古屋果然不行啊。」

很快就吃完的直井，一邊喝水，一邊望著外面說道：「幾乎看不到穿迷你裙的女孩呢。在身材控的年代裡，怎麼能穿讓人看不出身材的厚重衣服？喂快看，那個，就像以前的太妹穿的裙子。」

「不要這麼大聲會被瞪喔。那接下來該怎麼辦？」

「先去中村署，之後到繪里的老家去吧。」

丸本在創立邦比宴會設計之前，曾經先回到名古屋。中村署在幫忙調查那時候的情況。

「伊瀨的老家怎麼辦？」

「岐阜啊，」直井露出快吐的表情，「太遠了。」

「等一下跟隊長聯絡，請他裁示吧。」

離開地下街，兩人往中村署走去。是可以走到的距離。

「四年前從東京回來後，似乎在家裡幫忙了一段時間。母親在竹橋町經營一家喫茶店。卻在半年後突然死亡，之後就由丸本一人來做了，但據說經營得相當辛苦。」

藤木這位年輕的搜查員仔細地說明。

「沒有其他的親人嗎？」芝田問道。

「沒有。接著，在兩年前把店收掉，再次去了東京。」

「店或家裡都賣掉了嗎？」直井問道。
「是的，但幾乎全都拿去還債了，似乎沒剩下多少呢。」
「是否有人比較知道丸本那時候的情況呢？」
「店的附近有家很小的印刷公司，聽說老闆是丸本從高中時代就認識的朋友。」
說著，藤木畫了簡單的地圖。
道過謝後，芝田他們離開中村署，照著地圖走，還不到一公里路，就看到面向黃金通這條寬廣的道路，高掛著「山本印刷」招牌的店家。隔壁是家小小的信用金庫。
老闆山本是發福的商人模樣。丸本的事情他記得很清楚。
「雖然在經營喫茶店。但一直嚷嚷要回東京重振旗鼓。後來就下定決心回去了不是嗎？現在在接待小姐派遣業界混得不錯，真了不起呢。」
問到丸本到東京之前的樣子，山本輕輕搔著變得稀疏的頭髮這麼說：「那傢伙總是說缺少資金，甚至曾跟我說一百萬兩百萬也好能不能借他。我以為是開玩笑就拒絕了，結果他好像用賣了家和店面的錢做了些事情。」
「丸本在這邊的時候，一定跟很多人有往來吧？」
「那當然啊，是不少呢。」
「請問您是否見過這兩位呢？」
芝田拿出了兩張照片給山本看，分別是牧村繪里和伊瀨耕一的照片。山本皺著眉仔細端詳了一陣，搖了搖頭。

「有件事讓我很介意。」

芝田抓著地鐵吊環搖晃，朝身旁的直井低聲說道。兩人正前往一社站。目的不是一社而是繪里的老家。芝田已經有所覺悟，這一次應該是不受歡迎的吧。

直井接著說：「是不是有關係還不清楚，但總之我們正在追蹤兩名男子的軌跡呢。一位是伊瀨，另一位是丸本。雖然目前還沒有發現中間的聯繫，這兩人卻有一個共同點，那就是他們都很想要錢。當然每個人都想要錢，我也想要。但他們兩人想要錢的理由卻有點不一樣。他們是為了實現夢想，才需要大筆金錢的。所以，丸本這邊可以說是成功了，而伊瀨這邊卻因為殺了人，身敗名裂。」

「剛好相反呢。但有什麼問題嗎？」

「不清楚。如果有的話，一定與金錢有關。特別是丸本。還了債務後剩下的，根本就不夠讓他闖蕩接待小姐派遣業界。」

到達一社後，憑著印象向北走，名古屋的車很多。但道路設計得很寬敞，行人也會覺得很有安全感。

繪里的父親和哥哥規之在店裡。看到芝田他們，兩人的表情都變得很僵硬。母親似乎出門去買東西了。

留下父親顧店，規之在裡面的房間陪著刑警。

對於伊瀨耕一的事情被知道這一點，規之並沒有太驚訝。或許也有所了解吧。還為了之前顧及體面故意隱瞞而道歉。

當得知繪里的朋友被殺的時候，規之反而震驚不已。芝田解釋因為這樣，已對繪里的自殺再次展開了調查。

「伊瀨死掉之後，從來沒和繪里聊過案件的事。她似乎也一直想要避開。」

規之語調沉重地講述了當時的狀況。

「前往東京的時候，繪里小姐是否說過些什麼呢？」

直井問。

「沒什麼……我們自己擅自解釋成是因為想忘掉伊瀨吧。」

規之用掌心擦著剛長出來的鬍渣。

提到希望再看一下繪里的房間，規之很乾脆地答應。

芝田他們再度被帶到二樓那間六疊的房間。與上次來時沒什麼不同，只不過似乎經常打掃，沒有積下灰塵。

芝田和直井徵得了規之的同意，在房間裡四處搜查。如果能查到有關伊瀨犯案的線索的話，就太感謝了。

「芝田。」

正在檢查壁櫥的直井喊道，芝田走了過去，規之也走了過來。

「是繪里小姐的吧。」

直井手裡拿著十號大小的畫。畫上的女子正托腮笑著。畫的正是繪里的臉龐。

「還有其他的嗎？」

芝田往壁櫥裡仔細瞧。

「應該還有很多才對。」

回答的是規之。拖出一個扁平的紙箱，從裡面翻出畫著圖畫的畫紙。除了繪里的肖像畫之外，還有幾幅風景畫。雖然芝田覺得真不愧是專業的手法，但內行人來看的話，評價或許不一樣吧。

「也有人物畫呢。」

大概找到了十幾幅讓人覺得應該跟被畫的本人一模一樣的人物畫，繪里的臉不在其中。直井認真地一幅一幅地看著。目的芝田也很清楚，這裡面說不定有與案件相關的人物。

「這些人物畫可以交給我們保管嗎？」

芝田問道。「可以的。」規之回答。「其他的畫不需要嗎？」

「目前還不需要，請好好保管。」直井說。

「那幅畫也是伊瀨的畫嗎？」

芝田指的是窗戶上邊裝飾小畫。構圖是從窗戶看出去的隨處可見的街景。

「那是伊瀨最後的畫。」規之說。

「據說那傢伙自殺時，還放在畫架上，而且畫上的顏料都還沒乾透呢。這是從那傢伙的房間的窗戶看出去的景色喔。」

「哦……」

芝田再次抬頭看了那幅畫。本以為既然這是自殺前畫下的最後的畫，或許能讀取當時的心情，卻不是特別值得注意的畫。

「這幅畫也請妥善保管。」直井說。

除了畫之外，就沒有找到什麼讓芝田他們特別留意的東西了。想窺探伊瀨死後，她在這個房間裡想了些什麼也沒辦法。

「當時整天都關在這個房間裡呢，一個人一直聽著音樂。大概只有在吃飯時才見得到人。」

「都聽了些什麼音樂呢？」芝田隨口問道。

「各種都有，不過披頭四最多。聽說伊瀨也喜歡呢。」

「披頭四啊。」

伊瀨的遺書又浮現在芝田的腦海裡。

繪里：

能跟妳一起聽披頭四，很幸福——。

2

芝田他們在名古屋的商務旅館check in的時候，香子剛進到澀谷的NHK音樂廳。座位是從前方數起的第十排中央，在GS席中，也是最好的位置。

距離開演前還有點時間。交響樂團正忙著調音，一群小孩子正在一旁偷看。這些女孩子是念芭蕾學校的，從髮型就看得出來。

「第一次看芭蕾嗎？」

可能是香子不斷四處張望，高見俊介開口問道。

「嗯，」香子老實地回答，「不過電視上看過好幾次。」——這是在說謊話。香子從沒有把電視轉到有古典芭蕾這種優雅的節目的頻道。

「電視上不太一樣呢。可以說完全不一樣。連職業棒球也是這樣喔，不看現場是無法理解真正的樂趣。」

香子回以尊敬的眼神，點了點頭。

高見提起了由加利的事，是在過了一會兒，場內變暗之前。他說前幾天打電話的時候還不知道，那之後才在報紙上看到的。

「發現者是妳的名字，和那個小姐很熟嗎？」
「並沒有……只是有點認識，最近才剛認識而已。」
「這樣嗎？——近來不幸的事情接續不斷呢。」
「真是的。」
終於場內的燈光轉暗。交響樂團演奏起了前奏。過了一會，帷幕拉開，像是從繪本裡走出來的舞者在舞臺上出現。

看完芭蕾，高見邀請香子一起用餐。位於赤坂的法國料理店，和風的裝潢讓人想到大正時代。連椅子和牆上的架子也帶著裝飾派藝術的風格。
「真是太棒了。《天鵝湖》不管看幾次都很精彩。」
高見把酒杯端到唇邊，滿足地說道。香子也笑著回答。事實上，並不像她擔心的那麼無聊，還有些明白了芭蕾的樂趣。
「今天陪我一起來，真是萬分感謝。」
高見鄭重地說道。香子笑著搖了搖頭。
「我也覺得很愉快呢。」
「聽妳這麼說我就放心了……最近不會很忙吧？」
「不會，還好。」

「那就好。」

高見放下酒杯，手指接著彈了彈桌面，「真野由加利小姐……對吧？」

似乎要談前幾天的事件。香子默默點頭。

「在報紙上有看到，似乎和妳的那位朋友的自殺有關？」

「嗯，不過，好像還不能完全確定。」

「這樣嗎……」

高見的眉頭皺了起來，目光落在了斜下方。表情像在思考著些什麼。香子抬頭看著他這副表情，喊了聲「高見先生？」停了一拍，「啊，是，什麼事？」

他才慌張地回應道。

「這次的事件，您很在意嗎？」

高見露出措手不及的樣子，「這次的事？」

「就是近來發生的這些事啊，繪里的自殺，還有由加利小姐被殺害的事件。」

香子一直盯著高見的眼睛。高見連忙眨了眨眼，把目光移到一旁，但又立刻把目光轉回到她的方向。

「為什麼會這麼問呢？」

「因為，」香子微微一笑，「感覺得出來您很在意。而且，怎麼說呢？也想從我這裡打聽情報吧？」

「……」

高見默然不語。大概是不知道該如何回答才好吧。

今晚這樣直接攤牌，對香子而言並非預定之外的行動，而是視情況覺得有必要徹底說清楚。高見果然是得知了出加利的事，知道這次香子也有關聯，才來邀約的沒錯。

「我呢，知道繪里以前的戀人的事情。」

香子說道，高見如被驚醒般微微張開了嘴。香子看著那副表情繼續說道：「還知道那位戀人和你之間的關係。所以就別再隱瞞我任何事情了，如果全都告訴我的話，要幫什麼忙我都願意喔。」

總之香子改變了作戰計劃。

目前為止的作戰是只要能見面就一定會產生機會，比起那個，現在的想法是，如果高見想利用自己的話，那麼就主動表明樂意幫助他不是更好嗎？高見不是兇手，他的不在場證明成立這件事相當確定。

沉默持續了一段時間，之後高見先打破了沉默。帶著一絲笑意，再次端起酒杯，讓剩下的液體流過喉嚨，接著深深地歎了一口氣。

「真是很麻煩的人呢，妳啊。」

「可以告訴我嗎？」

他並沒有立刻回答，而是把空掉的酒杯拿在手中把玩了一陣。掌心的溫度，讓玻璃微微起霧。

「知道高見雄太郎是我的伯父吧？」

他終於開了口。「嗯。」香子回答。

「對於伯父被殺害的事件，我一直抱著疑問。」

「伊瀨先生不是兇手嗎？」

「不，殺害伯父的應該是他不會錯的。但那個事件，應該另有隱情。」

「為什麼會這麼想呢？」

「這個嘛，」他像在吞東西似的動了動喉嚨說道：「……這不能說。對警察也都保密，因此花了一點時間。」

「是嗎……」

雖然很在意，但香子判斷眼下還是別再繼續追問比較好。

「我知道了，那就不問了。但如果高見先生有什麼想問我的時候，請不必客氣，只要是我知道的事情都會說的。」

高見露出像在看什麼耀眼的東西的眼神之後，

「妳真是很棒的女性呢。」說道。

「乾杯吧。」

香子說道，他立刻舉手叫來了服務生。

3

芝田隔天早上七點醒了過來。因為morning call的關係。放下話筒，他看了看旁邊的床鋪。直井蜷曲的背正朝著這邊，完全沒有半點要醒過來的樣子。

芝田翻身從床上滑下來，到浴室去刷牙。鏡子裡映出沒刮鬍子的臉，總覺得眼睛下方看起來黑黑的，應該是看錯了，換個角度照鏡子看看。

今天決定前往岐阜。昨天和本部聯繫的時候，被指示也要順道去一趟伊瀨的老家。之後還得再去一趟愛知縣警本部。搜查本部一直期盼著芝田他們能帶一些土產回來。當然要能不負所托。

——可是這次只能空手而歸了。那些人物畫也不能說不是土產啦，但究竟能發揮多大的作用呢……

芝田一邊刮著鬍子一邊想著。

走出浴室，直井還在打鼾。去買些健康飲料吧，芝田帶著鑰匙走到門邊。門鏈映入了眼中。

構造與銀座皇后飯店裡看到的大致一樣。

芝田打開房門，出到走廊，擺弄著門鏈。雖然能把鏈子拉出來，但從外面果然無法掛上。要掛上，門就必須要關起來。這一點，全世界的門鏈都是一樣的。

芝田再次回到房內。同樣從內側試了一下，結果也是一樣。

——鏈子的長度和金具的距離是關鍵呢，設計得剛剛好。如果鏈子再稍微長一些的話，就能想辦法從外邊拴上了啊……

這麼一想，一個念頭閃過，突然想到：兇手該不會是在鏈子的長度上動了手腳吧？

——不，行不通的。這樣做的話，之後調查立刻就會被發現吧。

芝田又走出房間，總之先去買些健康飲料。直井還在睡。這麼好睡也真令人佩服。

一邊喝飲料，芝田再次站到了門旁。不能改變鏈子長度的話，還可以改變金具的距離。但這種做法卻更加困難，不用說一定會留下證據。

——稍等一下。

芝田拿起鍊子，又看了看房門。注意到看漏了一件很重要的事。

是啊——用力捏住健康飲料瓶。

「直井前輩，直井前輩，請起來一下。」

他到直井床邊，掀開棉被搖晃身體。直井發出呻吟想再鑽進棉被裡。

「已經是起床的時間了。而且，有更重要的事情。」

「什麼啊？到底是？我不吃早餐，讓我再睡會兒吧。」

「有重要的事情要和你說，」

芝田在直井耳旁說道，「密室的謎解開了！」

第七章

與妳同聽披頭四

1

與高見俊介去看過芭蕾的第二天夜裡，工作結束後買了一大堆食材回家，公寓的廚房裡上演著一場惡鬥。

「呃，什麼啊……將牛肝浸在鹽水裡用手搓揉清洗之後，再沖洗幾遍……嗎？」

交互看著材料和食譜，香子喃喃念道。食譜也是今天才剛買回來的。

「說沖洗幾遍真令人困擾，要具體寫清楚才行啦。怎麼搞的，怎麼洗也洗不乾淨！」

不管了，所以她就隨意弄了幾下。

「剝去外層的薄皮——好，剝掉了。切成一公分左右的丁……還切得真細，這要切得大塊一點才好吃吧。」

所以，就切成兩三公分好了。接下來料理步驟寫的是：「用溫水稍微汆燙」。

「稍微是怎樣啊，這麼多曖昧不明的詞還真討厭，不寫得讓初學者也看得懂是不行的啦。」

除了義大利麵和三明治之外沒做過什麼認真的料理的香子，今晚這樣一邊發牢騷一邊努力是有原因的，因為和高見俊介約好下次要下廚請他。

雖然訂下了這個無聊的約定之後有些後悔，但也想在他面前好好表現一下。真辛苦啊。

好不容易才做好了像料理的東西，香子卻沒有食欲。中間嘗了好幾次味道也有關係，但主要還是因為已經累得就連胃都不工作了。還是先來杯飯前酒吧。她拿著罐啤酒在窗戶旁坐下，一邊往下看著樓下的公園一邊滋潤喉嚨。

昨夜跟高見一起的畫面，再次在她的腦海中浮現出來。

——為什麼不能告訴警察呢？

香子回想起了高見的話。他說，高見雄太郎遇害事件中，還存在不為人知的內幕。高見的語氣應該是自己已經知道內幕是什麼了。然而這件事對警察也保密。為何要保密，當然也不會跟我說。

「但請相信，我與妳朋友死亡的事件沒有關係。我絕對不會欺騙妳的。」

他用真摯的眼神看著香子說道。我相信你——香子也回望著他裝模作樣地回答。

——總而言之，只要這案子能了結就謝天謝地了。

香子正要把剩下的啤酒大口喝下的時候，看到芝田從公園裡走過。昨晚沒有回來，從他正放下大行李看來，應該是出差去了吧。

穿著圍裙走出房間，在走道前面等他。隨著沉重的腳步爬上樓梯的聲響，可以看到領帶不顧形象地鬆開的芝田。芝田看到站在走道的香子，顯得有些吃驚。

「有出來迎接自己的人還真令人高興呢。」

芝田的笑容中現出了一絲疲憊。

「從窗戶看到你回來。肚子餓了吧？」

芝田看了看錶，說道：「六點吃了個咖哩麵包而已。」這時候已經是十一點了。

「要不要吃我做的大餐呢？做得太多正不知道怎麼辦呢。」

「所以才出來迎接我嗎？」

「有部分也是想看你的臉啦，真的喔。」

「那我就當作是真的。」拿著行李走進房間，芝田先用鼻子聞了一通，「這味道好厲害呀。」

「要說好香啦。」

「香味說不定也包含在裡面啦，但總覺得有許多味道混在一起……」

看到廚房，他完全說不出話來。

「發生了什麼事嗎？」

「沒什麼，做了幾道菜而已。」

「還以為是廚具和食材大戰了一場呢。」

芝田一臉茫然地環視廚房。做菜使用的鍋子、平底鍋、菜刀、湯匙、量杯散亂地放著，還有蔬菜的切剩的部分、豬肝的皮和蛋殼等到處散落，馬鈴薯皮從流理臺垂下來，隨著換氣扇吹出的微風飄動。

「有點亂，不好意思吶。」

說著，香子關掉了換氣扇。馬鈴薯皮也停止了擺動。

「不用跟我道歉也沒關係啦，不過話說回來，」芝田看著擺在桌上的菜肴，又再次睜大了眼睛，「這些全都是妳做的嗎？」

「對呀，厲害吧，約好下次到他家去做飯給他吃。所以今天是彩排。」

「他是指高見不動產的少爺吧？」芝田一臉不耐煩，「所以我就是負責試毒的嗎？」

「別露出這種表情啦。我從沒做過什麼真正的料理，所以一點兒自信都沒有啦。是朋友的話就幫忙啦。要酒的話也有喔。」

香子從冰箱裡拿出冰過的葡萄酒，將開瓶器轉入瓶塞，「對了，出差去了哪裡？」

「名古屋。」芝田一邊回答，一邊拿著叉子對靠近自己的盤子出手。絞肉裡混著蔬菜和豬肝，用肉片包起來蒸煮的菜肴。切了一塊放入口中後，「這道菜叫什麼名字？」

「香子流galantine、Japanese風。」說著，香子將白葡萄酒倒在兩隻酒杯裡，「為了什麼要到名古屋呢？」

「一言難盡啦，像是詳細了解高見雄太郎遇害事件之類的。」說著芝田調查肉片中間包的東西，「這裡，豬肝血是不是沒洗乾淨啊？」

「血沒洗乾淨？」

「沒有用水洗嗎？」

「洗了啊。把水裝在碗裡用力洗了。」

「下次還是開著水讓它慢慢流，血要洗乾淨比較好啦。」

「哦，這樣啊？你連這種也知道啊！」

「這是常識啦。而且這豬肝似乎也切得太大塊了吧。一公分左右不是很好嗎？這個，兩三公分有吧。」

芝田用叉子叉了一塊肝，拿到香子面前。

「要這樣才好吃，書上寫的啦。」香子面不改色地說。

「哦。可是，我覺得再小一點比較好。」

他又張口往嘴裡塞了另一塊，喝了口酒。香子也端起了酒杯。

「然後，名古屋有什麼收穫嗎？」

「不知道算不算得上收穫，不過能做的都做了。」

「好想聽喔。」

「又到繪里的老家去了一趟。沒有說伊瀨耕一的事很抱歉，繪里的哥哥向我們道了歉。」

回答後，芝田接著取用菠菜濃湯。嘗了一口之後，呈現出在想什麼事的樣子。

「在繪里家有什麼新發現嗎？」

「聽到了些伊瀨死時的情況。據說繪里小姐啊，整天獨自一人聽著披頭四。」

「哦？披頭四啊……怎麼樣呢？那個，好喝嗎？」

香子會這麼問，是因為見芝田喝過濃湯後露出一臉奇妙的表情。「不好喝。」他說著搖了搖頭，「我覺得是很有個性的味道。——繪里小姐之所以會聽披頭四的歌，似乎是因為在跟伊瀨交往的時候就常聽。伊瀨留給她的遺書上寫著：『能跟妳一起聽披頭四，很幸福』。」

「是嗎……」

香子記得自己似乎在哪裡聽到過類似的話。那是誰說的呢？還是只是自己想太多了吧……。

「不過，在繪里小姐家裡沒有什麼太大的收穫啦。」

芝田雖然這麼說，對這個結果似乎也不是特別失望，香子覺得有些納悶。

「除此之外還到哪裡去了呢？」

芝田一邊咬著沙拉的黃瓜，「還去了趟岐阜，」一邊說道，「伊瀨的老家就在岐阜。本以為會有什麼可以參考的線索。去了之後，很驚訝那裡真的很鄉下呢。」

「那，有查到什麼嗎？」

「什麼也沒有。」芝田輕描淡寫地回答，「就只知道了真的很鄉下。」

「除此之外呢？」

「除此之外？」

「不是做了很多調查嗎？剛才不是這麼說嗎？可是你卻一直說沒什麼收穫。為什麼要瞞著我啊？」

香子的語氣有些強硬，芝田放下餐叉，避開香子的目光答道：

「並沒有隱瞞啦，因為毫無收穫，就這麼說罷了。」

「騙人。或許你自己沒發現，其實你是會馬上表露在臉上的類型。如果毫無收穫的話，表情臉色應該會很鬱悶才對啦。」

這樣說連芝田也覺得不爽，但香子卻毫不在意，「快說啦，到底出了什麼事？」

但芝田仍舊不看香子說道：「沒辦法啊。刑警是不能洩漏搜查中的祕密的。」

「為什麼？之前從沒說過這種話。」

香子幾乎露出迷你裙下的膝蓋，跪坐著移動到芝田身旁。芝田先是沉默了一陣，終於痛下決心似轉向她的方向坐正了身子。

「之前也說過的，我覺得那傢伙也很可疑。但是妳和那可疑的男人都已經熟到要做飯給他吃了，我又怎能把搜查的祕密告訴這樣的妳呢？」

「稍等一下，『可疑的男人』指的是高見？」

「沒錯。」芝田點了點頭。

香子抗議：「他才不可疑呢。有不在場證明哦。」

「也可以指使別人去做啊。」

芝田淡淡地說。香子像在說別傻了似的搖了搖頭。

「他沒有關係啦。他也只是想知道真相而已啦。」

聽了香子的話，芝田彷彿在一剎那凍住了一樣面無表情。糟了，她用手捂住了嘴。

「想知道真相……什麼意思？」

「就是說……」香子嚥了唾沫，想不出什麼好的藉口，「他也對高見雄太郎被殺的事件抱有疑問喔。如果跟這次的事件有關的話，希望能知道的真相……」

芝田表情僵硬地仔細盯著她，露出嚴厲的眼神，連點了兩三下頭。

「原來是這樣，想從我這裡套出情報，再去告訴他嗎？」

香子一陣語塞。她無法否認有這種想法。因為想要幫助高見的話，這個方法是最快了。

「是嗎？」

因為香子沉默不言，芝田拿著行李和外套站起身來，「我本以為妳是更聰明的女性，但真讓人失望。」

丟下這句臺詞，他憤然向玄關走去。「等一下啦。」香子叫出了聲，卻沒有回應。最後門大聲關上，他離開了房間。

「什麼嘛！」她嘟起了嘴，「不用那麼生氣吧。」

然後她看著桌上剩下的料理山，歎了口氣。看來這得自己一個人解決了。用芝田放著的叉子叉了塊肉，放進嘴裡。

香子突然皺起了眉頭。

「哇，難吃死了。」

2

第二天下午，銀座皇后飯店二樓的走廊上，聚集了一群神色嚴肅的男子。松谷警部、直井，還有兩名築地署的刑警，以及飯店負責人戶倉。戶倉毫不掩飾地一臉不耐煩，樣子就像在說真想快脫離這個事件。

芝田站在二〇三室前面，目光從松谷警部和其他搜查員的臉上掃過，「現在開始將重現當時的情形，請注意看。」

「那麼就開始說明。」

他拿著鑰匙插進鑰匙孔，緩緩推開房門。搜查員中有人發出哦的聲音，那是因為從門縫可以看到門鏈是掛上的。

芝田一直握著門把，說道：「然後是鐵皮剪登場。」直井適時把鐵皮剪遞過來，芝田把腳伸到門縫讓門不會關上，用鐵皮剪夾住門鏈，不假思索地剪斷。切斷的鍊子的一端就垂掛在門上，房門向內側開啟。

「一個人也沒有。」

很快地看了一下裡面的是松谷。

芝田接著說道：「這時候發現了屍體。首先，丸本請戶倉先生去打電話——戶倉先生，有勞你像那天一樣。」

戶倉雖然看起來很不高興，但似乎也很想知道是用了什麼手法，於是一邊在屋裡四處張望，一邊向著電話機走去。

「接著，丸本支開了在一起的服務生。當時他說或許還會有邦比宴會設計的人留在飯店裡，請把他們找來。也就是說，這時候站在門旁的人，就只剩丸本一個人了。」

芝田用手推了房門。因為門已經是打開的狀態，就往牆壁靠過去。

「這裡，那傢伙完成了最後的步驟。」

說著，芝田稍稍動了一下房門，讓眾人看到內側。一看之下，搜查員全都發出了驚歎的聲音。

「原來如此啊。」

聲音特別大的人是松谷。

「還有這一手啊？」

「這像『哥倫布的雞蛋』呢。」

芝田向著有問題的地方伸出手去。剛剛被切斷的鏈子的一端，被用膠帶黏在那裡。也就是說，最早門被打開的時候，門鏈根本就沒有掛在溝槽裡，而只是用膠帶將一端固定在內側而已。不用說，這樣的話，兇手出去之後也能夠輕易做到。

芝田模仿著兇手，撕開膠帶，拿著被切斷的鏈子，重新掛回到溝槽裡。

「這樣就完成了。」他看了看眾人說道，「這個鏈子上雖然有丸本的指紋，但這並不會有什麼問題。為什麼呢？是因為那傢伙的證詞就說，剪斷門鏈之前想看能不能解開有試著用手撥動過，會留下指紋是當然的。而且剪斷鏈子的也是丸本。」

「也就是說，主犯也好共犯也好，必然與丸本脫不開關係嗎——」

松谷雙手叉腰，看向天花板。是整理思緒時的習慣。

「推理得不錯，」松谷說道：「但真是麻煩啊。」

「是的。」芝田嚴肅地點點頭，「很遺憾，沒有證據。」

從銀座皇后飯店回去的路上，芝田坐在電車裡還在想著密室詭計的事。假設大致是成立了，也證明了實際上是可行的。只不過無法證明兇手曾用過這樣的詭計。如果無法證明這一點，那麼一切就不過只是些空想罷了。

——但小道具只有膠帶的話，首先想證明這一點就不可能了。

想要換換心情，芝田看了看車廂裡的廣告。是在廣告大冰箱，冰箱的旁邊不知為何站著身穿泳裝的年輕女郎。她手上抱著大量的蔬菜，正準備塞進冰箱裡。

看著那個廣告的時候，芝田想起了昨天夜裡與香子之間的那番對話。為何會說出那種話呢？直到現在芝田依舊覺得不愉快。

香子喜歡高見俊介，而且堅信高見與這件案子無關。喜歡的話這也是理所當然的。芝田抱怨也沒有用。而且為了喜歡的男人去取得情報也是很自然的行為。或許說是女人心也不為過吧。

但是——

總覺得不大痛快。這種不愉快感是從何而來的呢？一想到這裡，芝田就會想到昨天香子的料理。雖然味道很怪，卻有一種令人懷念的感覺。

「問題還有一個。」

一旁拉著吊環晃來晃去的直井輕聲說，思緒被打斷的芝田，轉過身子靜靜看著他。

「準備氰酸鉀的人是繪里自己。如果不是自殺的話，到底是怎麼回事呢？」

「關於這一點，我也有我自己的想法。」

芝田說。「剛開始是繪里準備要殺了兇手，你是想這麼說吧？」但直井輕易地先說了出來。芝田的想法也正是如此。

「然而實際上死的是繪里。為什麼變成這樣的結果？是因為兇手發現繪里下毒，而將有毒的杯子和沒有毒的杯子做了交換嗎？」

「這種事情，辦得到嗎？」芝田說。

「只是很快地換過來的話，還是做得到的吧。」

「不，不是這個意思。我是指能夠下毒而不讓對方發現這件事。」

芝田的腦中浮現出繪里與兇手共處在飯店一室的樣子。桌上有兩隻杯子，裡面都裝著啤酒。繪里拿著包在紙裡的氰酸鉀，正等待著加入的時機。

「有點困難呢。」

似乎也在設想著相同的狀況，直井說。

「我認為心理上也不可能。」芝田也同意，「就繪里來說她是先進房間去等對方的，只要事先把毒準備好就行了。那麼是在杯子裡放入了對方不會發現的量嗎？不，不是，就鑑識報告來看，氰酸鉀的含量並不是那麼少。所以說，只剩下事先混入到啤酒瓶裡了。」

「可是從啤酒瓶沒有測出來喔。」

「……這倒也是呢。」

芝田壓低了嗓門。所以果然是伺機往對方的杯子直接加進去嗎？可是芝田認為，這對繪里而言是需要有非常大的勇氣的。話雖這麼說，但又沒有更好的方法。

——還有一個問題啊。

密室之外又一個，芝田喃喃念道。

3

電話響起時，香子還在被窩裡。看了時鐘，已經十一點多了。好久沒有睡到這麼晚了。這兩三天的料理特訓，真是太累了。本想再睡上一會兒，電話鈴聲卻響個不停。

——啊，這會不會是……

香子猛地從床上跳了起來。電話很有可能是高見打來的。

電話機在吧檯的下方，和拖鞋一起亂丟在地上。最近廚房附近實在是無法地帶。

拿起話筒，在香子說話之前，

「小田小姐嗎？」先傳來這個聲音，邊想著曾經聽過這個聲音，應了聲「嗯」，就在這個瞬間想起了聲音主人的臉，糟了，皺起眉頭，已經來不及了。

「我啦，是我。」

搞不清楚狀況的聲音震動著鼓膜。香子毫不考慮就把聽筒從耳邊移開，對著送話口說：「請問是哪位？」

「討厭啦，是我啊，『華屋』的健三啦。」

「啊，」——果然，有種被打敗的感覺，「上次真是謝謝您了。」還是盡量以禮相待。

畢竟收了紅珊瑚胸針呢。

「不用客氣啦，沒必要為了那種小東西道謝啦，比起那個，當時不是約好了嗎？等一下一起去吃飯吧。」

「呃，吃飯？」她不由得拔高了嗓門。還記得的確客套地做了這樣的約定，「啊——這樣啊，啊不過很遺憾，今天還得上班呢。」

「上班是指接待嗎？」

「是啊。總之我們公司從來都不讓人休息的。像今天啊，接連要到赤坂皇后飯店、江戶川渡假村和芝田飯店去呢。」

皇后飯店是真的，其餘兩處當然是胡說八道。「待會要去美容院，然後直接去上班，回來的時候大概已經是半夜了。」

「哦，真是辛苦啊。」

「很辛苦呢。如果沒有這麼多工作的話，倒是很樂意陪伴您的。」

「這樣的話妳真的是走運了。」

「……？」

不祥的預感掠過心頭，香子頓時啞口無言。

健三很開心地繼續：「想到會變成這樣，剛才已經給妳的公司打了個電話，和丸本社長說了，請他把妳今日的工作變成是我個人的接待。這樣就能夠安心去約會，邦比宴會設計也賺到錢，皆大歡喜呢。」

香子愣愣地握著聽筒，耳裡傳來健三得意的笑聲。

被健三問到想吃些什麼，有兩個理由讓香子立刻回答懷石料理。一是這兩三天一直在吃自己做的肉類料理，看到西式的東西就反胃；另一個理由是覺得每一道菜的量都不多的話，即使跟讓人沒有食欲的對象一起，最後也還是能吃完吧。

用餐的時候，健三正如之前所預想的那樣喋喋不休。全是些沒什麼內容的話。像是迷上寶塚的藝人，接連不斷地贈送寶石，結果一個月後全部一起被用宅急便退了回來，或是想乘遊艇環繞日本一圈，已經從橫濱出發了，中途卻患了盲腸炎只好放棄。當然了也有炫耀的話題。他最得意的，似乎就是幾年前還住在美國的事。香子問起在美國做了些什麼的時候，「當然是學習啊，不管是什麼都會讓人學到東西呢。」他張大嘴笑著說。到底都學了些什麼啊，香子暗自咒罵。

「不過話說回來，邦比宴會設計的丸本社長似乎很困擾呢。」健三往嘴裡塞了鯛魚生魚片，想到什麼似的笑了出來，「不光是情人的接待小姐自殺了，連兼職的女孩子也被殺害了吧？警方好像查得很緊呢。而且接著公司的評價也會受影響，正拚了命不要讓大客戶對公司失去信心呢，今天我打電話給他的時候，還被哀求說今後也請多多關照呢。」

這倒是。香子也很贊同。雖然還不清楚丸本是不是兇手，但對他來說最怕的應該就是公司的信用因為這次的事情而一落千丈吧。

「警方似乎也做了許多調查。雖然不大清楚有什麼關係，聽說連我們公司都有刑警來過呢。」

香子想起了芝田的話。由加利遇害的前一天，曾向男性友人問過「華屋」社長的事情。以及「華屋」委託邦比宴會設計承接派遣宴會接待小姐的事也有些不自然。

「西原先生，」香子仰望著健三，嗲聲說道：「這是聽別人說的，『華屋』雇用邦比，是因為佐竹這位部長的推薦吧？為什麼佐竹先生要選擇邦比呢？」

健三停下筷子，「佐竹？」露出少見的認真表情反問道，「這是從哪裡聽來的？」

「嗯，是邦比的人。」

「哦？」健三一臉無法釋懷的表情，「準備宴會這種事，都是交給部下去辦的。大概是佐竹在邦比有喜歡的女孩子吧，不過託他的福，我才有機會遇到像妳這樣出色的女性呢。」

喝一杯吧，健三拿起酒壺準備倒酒，不已經夠了，香子用手遮住了杯子。

飯後，健三提議到「華屋」本社去。香子本想儘早開溜，但聽到去本社的目的後改變了心意。因為在公關室裡，正在舉辦著「世界新寶石展」。

「『新寶石』是指什麼呢？」

香子問道，「來了就會知道。」說著健三眨了眨眼。

公關室的面積約莫比十坪大一些的程度，密密麻麻地擺滿了被稱為新寶石的商品。除了香子他們之外，就只有寥寥數名參觀者。據健三說，這並非正式的展示會，而是為了「華屋」的客人中最頂級的ＶＩＰ舉辦的。

「哇，真不得了呢。」

看著火焰色澤的紅寶石戒指，香子大聲地驚嘆。因為有三．九九克拉，所以相當大顆。除此之外，還有祖母綠的戒指和墜子、亞力山大石……不管哪一顆寶石都超乎想像的大。

「全都是人工的啦。」

像在享受香子的驚訝，健三說道，「正確的說法是人工合成寶石。」

「是模造品嗎？」

她的話讓健三發出嘖嘖的聲音，並豎起食指左右晃動。似乎是想裝酷，但完全沒有成功。

「模造寶石是指雖然外觀與天然寶石相似，但化學構造與組成完全不同。相對來說，合成寶石雖然也是人工製造出來的，但化學構造和組成卻是一樣的。」

「哦，那這些紅寶石或藍寶石的成分，就和真的一樣嗎？」

「沒錯。就像紅寶石戒指，只剩周圍鑲嵌的鑽石之類的還是天然的真品。這樣一來，價格就會降低為十分之一左右。」

香子想起前幾天也曾聽健三提過人工合成寶石。雖然是笨蛋兒子，或許是屬於他的創新嘗試也說不定呢。

看著用那種方式使用人工合成寶石的珠寶飾品，香子忽然感覺周圍的氣氛有些改變。店員們相當緊張。一看，只見一位頭髮半白的中年紳士帶著一位和服打扮的女性走了進來。正想著在哪裡見過，

「喲。」健三舉手打了個招呼。中年男子也點頭回應。

啊，香子想了起來，是「華屋」的副社長，西原昭一。

「評價似乎很不錯呢。」昭一走了過來。

「今後是人造的時代啊。」健三鼻翼微張，得意洋洋地答道。這麼說來，這場展會應該是他策劃的。

「嗯，什麼都要嘗試一下。」

說著，昭一將視線移到了香子的身上。本來擔心會不會被誤認為是健三的戀人，但對方似乎毫無興趣，就這麼一言不發地往陳列櫃走去。

香子一直試著婉拒，卻無法改變健三要送她回公寓的心意。無奈之下，香子只好坐進白色的賓士車，健三很開心地對司機指示了目的地。

車子裡電話、電視不必說，連冰箱都有。看健三正在尋找什麼東西的樣子，他竟然拿

出麥克風，似乎準備要開始唱卡拉ＯＫ。開什麼玩笑。香子感到害怕。

「很了不起的兄長呢。」

為了爭取時間，隨便找了個話題。可是健三的手並沒有停下來。副駕駛座的靠背，竟然是卡拉ＯＫ的裝置。

「大哥自小就被當成『華屋』的繼承人來對待，而他本人似乎也意識到這一點，一直是很嚴謹的人——*YESTERDAY*和〈浪花節人生〉哪一首比較好？」

「排行第二的兄長呢？」

「卓二哥目前人在國外。還是*MY WAY*好了。」

就在香子找下一個話題的時候，健三已經裝好了卡帶。於是，在回到公寓之前的路上，香子陷入聽他蹩腳地唱了三首歌的窘境。

來到公寓，完全不理會香子的推託，健三一直跟著她來到了門外，說是送到最後的自我哲學，真希望他丟掉那種哲學，但看車子還在樓下等著，香子才稍微安心。

「那就到這裡……今天真是感謝您的款待了。」

打開門鎖，香子在房門外低頭致謝。然而健三卻不肯輕易離去。看了幾次門牌之後，

「想要偷看一下哩。」

「妳的房間是怎麼樣讓人相當感興趣。好，就稍微看一下吧。」

好什麼好啊！

「不，因為有點亂。」可是這些話卻沒有用，「沒關係，沒關係，」說著就開門進到裡面。香子連忙跟了進去。

但健三在玄關處站著不動，也沒有要進到房間裡。看起來似乎是相當驚訝。

「怎麼了嗎？」

聽香子這麼一問，健三歎了口氣說：

「真的很亂呢。」

「咦？」

穿過健三身旁，往室內一看，香子也嚇到了。就像小型颱風來過一樣，到處都亂成一團。

4

香子最先查看的，是藏在枕頭邊的存摺。幸好沒事。只要這個沒被偷走，就可以稍微安心了。她抱著存摺，失去力氣般癱坐了下來。

健三打過電話之後，過了幾分鐘，附近派出所的巡查就來了。健三說是闖空門，但香子立刻說明不是那樣。這應該是和由加利被殺害的案件有關，跟相關人員聯絡一下比較好。

「嫌犯是在找什麼東西吧？」

看了流理臺堆積如山的餐具，健三說道。一臉在想這也是嫌犯所為的樣子。

「或許跟在由加利的房間裡找的東西是一樣的，因為那邊找不到，就到這裡來了。」

那是什麼東西香子也不清楚。

不久，所轄警署的刑警來了，芝田他們也隨後出現。

健三和其他的搜查員回去之後，芝田在房間裡幫忙收拾。儘管芝田的說法是或許還能發現什麼，但香子卻不認為在其他搜查員徹底調查過之後還會有什麼新發現。

「目前已經清楚的情況，」芝田一邊撿起散落一地的女性雜誌一邊說道：「就是對兇手來說相當不利的東西還存在於某個地方。而且那東西兇手還沒有找到。」

「到底是什麼呢？」

「不知道。但由加利小姐可能是找到了那樣東西，所以才被殺害的。問題是為什麼嫌犯會知道她找到了那個東西呢？還有她到底將它藏到哪裡？雖然兇手推斷會不會是交給了妳，但並非如此。」

「我沒有被託付任何東西。」

「是啊。」

芝田默默地繼續收拾。香子把衣服收回衣櫃裡。

「和那個胖子也在交往嗎？」

芝田問道，手繼續動著。

「不是的，只有今天啦，他突然來約我。」

「『華屋』不也和這次的案件有關嗎？當心點兒比較好。為妳好才說的。」

「知道啦。」

香子回答，芝田沒說什麼，開始將CD和卡帶放回櫃子。香子準備接下來要清洗餐具。然而看到芝田把卡帶撿起來放在一起後，她的腦海中浮現某件事情。

「吶，」香子說：「兇手要找的那個東西啊，應該不是從一開始就在由加利手上的吧？」

芝田的手停了下來，抬頭看著香子。回望著他的臉，她繼續說道：「在由加利之前，應該是在繪里的手上吧？」

「有可能喔，」芝田說道：「可能性非常大。可是如果被繪里小姐交付這麼重要的線索的話，由加利小姐應該早就有所覺察了才對啊？」

「所以……並不是被託付的，而是無意間交到由加利小姐手中的。所以才沒能立刻察覺那是很重大的線索。」

「無意間交給她的嗎……」

芝田站了起來，皺著眉頭看著天花板，「有這樣的東西嗎？」

「有那種東西喔。我和由加利小姐初次見面的夜裡，她跟我說過呢。去幫忙收拾繪里的房間時，由加利小姐從繪里的父母那裡收到了她全部的ＣＤ和卡帶，由加利小姐有說喔，她每天晚上聽那些都感到很快樂。」

啪，芝田的手指發出聲響。

「這麼說，線索就隱藏在那些ＣＤ和卡帶裡嗎？因為由加利小姐每晚輪流聽，所以發現了那個線索……」

「肯定是卡帶。」

香子也興奮地說：「卡帶裡肯定是錄了些什麼。」

「等等。」

芝田半張著嘴，盯著半空中的某處，「對啊，繪里小姐也做過同樣的事。伊瀨死的時候，一個人關在房間裡聽著披頭四的歌。而且……」

他的食指彎向香子的方向，「伊瀨留給繪里的遺書裡這麼說，和妳一起聽披頭四，很幸福——」

「線索就藏在披頭四的卡帶裡啊。」

不等香子說完，芝田便已經撲向了電話。

5

「本以為這是幸運的工作，但要一直聽下去，就變得有些痛苦了。」

盤腿坐著的直井，一邊吃著杯麵，一邊抱怨。他的前面放著CD音響組合，正播放著*HEY, JUDE*。這一邊芝田和香子則用迷你音響聽著*GIRL*。

就在由加利的公寓。因為這些披頭四的卡帶裡一定隱藏了什麼不會錯的，直井也跑來支援，從頭開始聽。因為披頭四的卡帶至少有二十捲以上，顯然得花上些時間。

「如果我們的推理是正確的話，」在錄音帶前面，芝田抱著雙臂，「伊瀨在卡帶裡面隱藏了些什麼。後來繪里在聽他留下來的這些錄音帶時，發現了它。所以她才來到東京。讓她這樣做的祕密就藏在這裡。」

「伊瀨為什麼要這麼費工呢？一口氣全都寫在遺書裡的話不是很簡單就完成了嗎？」

說著，直井打了個大呵欠，看了香子伸了伸懶腰。音樂這東西，在放鬆的時候聽還不錯，但一直這樣集中精力不能聽漏了的話，漸漸地就會讓人想睡呢。

而且是工作的話，就會變得一點都不有趣了。

「一定有不能寫進遺書裡的理由。這也是只要發現那捲關鍵的錄音帶，應該就會迎刃而解的。」

「這麼簡單就好啦。」

不久直井跟著音樂唱了起來。

被直井說中了，果然不是那麼簡單。三個人聽完了所有的錄音帶，但結果無法找到像線索的東西。

「奇怪了。」

連芝田也無力地叨念了起來：「為什麼找不到呢？」

「會不會是兇手給拿走了呢？」

「不，兇手也沒找到，所以才去妳的房間找的。」

香子拿起了身旁的錄音帶盒，取出曲目。

「或許不是在卡帶裡，而是寫在這邊呢？」

「早就調查過了。」

呈現大字形躺在地上的直井發出了聲音。他的旁邊空錄音帶盒散了一地，「順帶告訴你們，CD盒我也檢查過了，但什麼都沒有找到。」

「真是奇怪了。」芝田再次抱著頭。

「沒什麼好奇怪的，想錯了也是常有的事。重要的是這一次的失敗要能夠成為下一次的階梯。搜查本來就是要按部就班的。」

看來思維能力已經變得遲鈍，直井隨便說著。儘管如此，又重新從頭開始聽起了錄音帶。

香子盯著目錄的文字說：

「曲子的名稱會不會變成什麼暗號呢？」

「暗號？」芝田抬起了頭。

「比方說，把頭幾個字母連在一起就變成一句話之類的……推理小說裡不是常出現嗎？」

「嗯。」

芝田把錄音帶盒收集在一起，盯著目錄的文字。嘴裡不停地喃喃默念著，是在反覆不停地嘗試著不同的組合吧。

但是過了不久，他突然想到了什麼似的抬起頭來，看著香子搖了搖頭。

「不，應該不是這樣。如果設計得那麼複雜的話，就誰都無法解讀了。一定要是繪里小姐和由加利小姐也能輕易就留意到的設計才行。」

「是嗎……」

說得也是。香子心想。至少當時由加利也不是為了尋找什麼才來聽錄音帶的。

「真的是想錯了嗎……」

似乎已經失去了信心，芝田重重地歎了口氣，但就在這個時候——

「喂，這裡有點不大對勁？」

直井坐起身來。手裡拿著曲目卡，CD組合音響裡卻沒有播出任何曲子。

「怎麼了嗎？」芝田問道。

「剛才沒有注意到。這捲帶子裡少了一首曲子，*PAPERBACK WRITER*。你看，目錄的最後有寫，實際上帶子裡卻沒有。」

香子也仔細看。目錄中的A面並排著英文曲名，有*CAN'T BUY ME LOVE*等六首，而第六首寫著：

PAPER BACK WRITER。

「聽了一下，在第五首*LADY MADONNA*就結束了，之後就什麼也沒有了。」

「B面呢？」芝田問道。

「就像目錄上寫的那樣，也放了一下，但什麼都沒錄。」

B面那欄的確什麼都沒寫。

芝田的囁嚅聲大了起來：「究竟是怎麼回事呢？」

「最先想到的，就是也沒什麼特別的意思。不能確定是在寫曲目時出了錯，或是錄音的時候出了錯。總之是這種單純的失誤造成這樣的錯誤。」

「那要是有意義呢？」

聽香子這麼一問，兩名刑警都瞬間閉上了嘴。

「搞不好，」芝田說道：「這個部分或許錄了什麼東西，曲子之外的什麼。」

「可是什麼都沒有啊！」

「這是啊。」

「怎麼回事？」

香子問道，芝田再次沉默不語。直井反而用陰沉的聲音說：

「不是很清楚了嗎？原本錄了什麼，現在卻沒了。也就是說，有人把它洗掉了。」

第八章

PAPERBACK WRITER

1

第二天的傍晚。

芝田和直井來到了邦比宴會設計事務所旁的喫茶店。一臉順從地在他們前面坐下的是邦比宴會設計的營業員米澤。米澤扶了一下架在鼻梁上的金絲眼鏡，乾咳一聲。

「有話要跟我說是指？」

作為男人，嗓音有些尖銳，讓芝田留下較為歇斯底里的印象。

「想請教跟工作有關的事情。」直井說道，「每次接待小姐到派對去的時候，您都會一直在準備室裡待機嗎？」

「是的。這有什麼問題嗎？」

米澤的目光不安地搖擺著。芝田覺得他並不是個擅長撒謊的人。

「接待小姐們的貴重物品，都放在準備室吧？」

直井的話，讓米澤的表情變得有點僵硬。

「保管貴重物品也是我的工作。」

「原來如此。這麼說來就絕對不會讓外面的人進到房間裡嘍？」

「當然，不會有那種事。」

「比方說，」稍稍停頓了一下，然後直井盯著米澤神經質的臉繼續說道：「丸本社長是否曾出現在準備室呢？」

「社長嗎？」米澤露出了不可思議的表情，「為什麼社長要到準備室呢？」

「也就是說，最近沒有發生過這樣的事吧？」

「是沒有。」米澤點頭。

這個問題，與小田香子的房間被破壞有關。因為產生了這樣的疑問，嫌犯究竟是怎麼做才能進入她的房間的呢？香子確定是關好了所有門窗的，而且鎖也沒有被撬開的痕跡。如此一來，可以想到的，就是對方用了什麼方法製作出房間的鑰匙了。然而香子卻不記得有把鑰匙借給其他人。這樣的話，她懷疑是在到派對去的那段時間。芝田認為，如果是丸本的話會不會有可能進入準備室，偷偷打開香子的手提包，取得鑰匙的模型呢？

——如果不是丸本……

那麼還有另一種可能性。

「最近沒發生過這樣的事嗎？那有派對中間，突然有接待小姐一個人回到準備室裡嗎？」芝田問道。米澤搖了搖頭。

「沒有過。如果不是出了什麼大事的話，派對中是不允許任何人離開的。」

「不是派對中間也沒關係，總之就是有沒有接待小姐單獨回來的情形呢？比方說，派對開始之前，忘了東西之類的。」

「這問題挺難回答。」說著，米澤皺起了眉頭，「說是忘了拿東西，但接待小姐是不會忘記什麼東西的。」

說著，「對了。」他又突然想起什麼來了似的。

「這麼說來，幾天前有一次全員都離開到了會場之後，倒是有人單獨回來過。問她怎麼了，沒什麼，讓我把頭轉朝一邊去。照她說的做了之後，就聽到手提包打開的聲音，然後她就到廁所裡去了。大概那天是月經來了吧。」

或許是因為平日就在女人堆裡混的緣故，米澤說起這些話來，完全不會不好意思。

「您說了幾天前？正確的日子是在幾天以前呢？」直井問。

「請等一下。」

米澤掏出小冊子，細長的手指翻著頁面，「三天前。」

「那位女性是哪一位呢？」

聽芝田順著問起，他的臉上流露出了一些困惑。

「是江崎小姐，主任接待員江崎洋子小姐。」

和米澤道別過之後，芝田和直井回到新宿，找了家拉麵館填飽肚子。

「不出所料，江崎洋子出現了啊。」

直井用手帕擦著額上的汗珠，一邊吞著拉麵，一邊說道。

「對，和預想的一樣。」手一直動著的芝田點了點頭。

芝田他們認為即便丸本自己沒有進過準備室，但只要有個願意幫忙的接待小姐，那麼就有可能會拿到香子的鑰匙的模型。那麼，幫助丸本的接待小姐又是誰呢？就只可能是江崎洋子了。雖然她曾經說過，和丸本就只是玩玩罷了，但實際情況如何，卻沒有任何人知道。

「洋子當時背著米澤，從香子的手提包裡取出鑰匙。之後她進到廁所裡，用黏土之類的東西複製了鑰匙的形狀，再把鑰匙偷偷放回了手提包裡不會錯的。因為發生在三天前，那麼最晚前天也應該可以打好鑰匙了。於是昨天便潛入了香子家裡。」

直井揮著筷子說了一通，之後兩手捧起碗來，把碗裡的湯喝了個乾乾淨淨。

「如果洋子從一開始就幫丸本的話，那麼情況就有所不同了。」

芝田認為有必要調查一下由加利被殺那天和香子房間遭人闖入時洋子的不在場證明。

「如此一來，說牧村繪里是丸本的情人的傳聞，也就越發站不住腳了啊？如果事情真的是那樣，洋子也就不會幫助丸本了吧？」

聽著直井的話，芝田緊緊捏住了免洗筷。丸本的確很可疑，卻始終找不出任何證據。

出了拉麵館，兩人向著新宿署走去。從米澤那裡打聽到的情況，已經向搜查本部報告過了，恐怕江崎洋子利用的鑰匙店，不久就會被找到了吧。

稍稍走了一段路，直井停住了腳步。站在一家小唱片行前面。

「有披頭四嗎？」

直井喃喃說道。「進去看看吧。」芝田率先跨進了店裡。

店裡的年輕客人很多，但大多數人都集中在CD的前面。LP碟幾乎就沒有什麼客人。這是最近的傾向。

「芝田你平常聽些什麼？」

直井邊往店裡掃視邊問。

「這個嘛，喜歡『Princess Princess』之類的。疲勞會不翼而飛，整個人會充滿了活力。」

「從來沒聽過呢。既然有這樣的效果，那下次也來聽聽看好了。」

有個圍著圍裙的年輕店員，芝田問有沒有披頭四的唱片。店員自信滿滿地回答說當然有。

「想找有收錄 *PAPERBACK WRITER* 的。」直井說道。

「是要找CD還是LP？」

「最好是LP。」芝田說道。猜想伊瀨當時應該是從LP上錄下來的。

店員找來了專輯名稱是「HEY, JUDE」的唱片。封面上印著披頭四他們四人的臉。

「請放一下 *PAPERBACK WRITER*。」

聽直井說完，店員便立刻說好，把專輯放到了播放機裡。音樂響起。開始時非常慢，隨後曲風一轉，旋律也變得輕快起來。

「嗯？」

直井看著唱片封面，叫了一聲。

「怎麼了嗎？」

「你看，那錄音帶裡的曲子，全都收錄在這張唱片的A面呢。」

「是啊。那伊瀨就是拷貝這張專輯吧？」

「我也是這麼想的，但曲目的順序卻有些不一樣啊。這張唱片裡，*PAPERBACK WRITER*是排在第三首的，但那捲帶子上卻是第六首。」

「大概是重新編排了一下歌曲的順序吧。不過……」

芝田和直井對望了一眼，「為了什麼呢？」

「問題就在這裡了。為什麼要這麼做呢？如果只是為了留訊息給牧村繪里的話，應該沒必要這麼做的。」

芝田把目光挪回到不停旋轉的唱片上。曲子已經接近了尾聲。見兩名男子之間有些爭執，店員似乎有些困惑。

「也就是說，」芝田開口說道：「有必須是*PAPERBACK WRITER*的理由，對吧？」

「對。那又為何非得是這首呢？喂，這個曲名翻譯成日語會變成什麼？」

「所謂的PAPERBACK，指的就是『平裝本』。平裝本作家——也就是廉價小說作家的意思。」

「嗯，」直井沉吟道，「似乎一點關係也沒有啊？」

「不過這其中似乎有些問題啊？回去重新調查一下吧。」

「說得也是。好，快點回去吧。喂，不好意思了，我們下次再來。」

丟下本來期待他們會買的店員，兩個人飛快走出了唱片行。

搜查本部裡，松谷正在聽取其他搜查員的報告。似乎是有關丸本開始現在這家公司時的資金的調查結果。根據報告，有留下紀錄的部分並沒有什麼可疑的地方。變賣名古屋老家還了債務後剩下的錢，開設了一家跟現在不一樣、規模很小的事務所。

「但是，從當時的狀況來看，在短時間內經營到現在的規模也不可能，猜想他應該是給那些飯店的關係者送過錢了吧。此外，還從那些一流的接待小姐派遣公司挖走了不少接待小姐。不光是接待小姐，還四處挖角培訓人員。挖角也是需要錢的。」

「那些錢是從哪兒弄來的？」

聽完搜查員的報告，松谷摸了摸下巴。想要查證賄賂這種事是很難的。即便當面質問丸本，他大概也只會裝糊塗。

「有沒有查到丸本和佐竹之間的關係呢？」

談話暫告一段落，直井在一旁插嘴問道。從邦比宴會設計的成長過程來看，可以明白承辦「華屋」感謝派對的經驗至關重要。而當時命令採用邦比宴會設計的，就是「華屋」的佐竹部長。

松谷皺著眉說：「很遺憾，什麼都沒查到。我總覺得，好像疏忽了什麼很重要的事。」

這時候，另一位搜查員也回來了。此人是負責調查小田香子的房間遭人闖入時，江崎洋子的不在場證明的。從結論上來看，不在場證明並不成立。三點多的時候去了美容院，而之前一直一個人待在家裡。

「之後又問了由加利被殺那天的不在場證明。也是在三點時去了美容院，而從傍晚時起就到銀座皇后飯店上班去了。」

「嗯，由加利那天還是成立的，還是找美容院驗證一下吧。」

松谷向其他搜查員下指示的時候，直井和芝田掏出那捲錄音帶，再次盯著曲目。仍想不出所以然。

「光從這個來看，並沒有必要特別去改變曲目的順序啊。」

直井不解地說道。

「是啊。本來最後的一首是*REVOLUTION*，總覺得就照原來的順序也沒什麼不好。」

「在做什麼嗎？」係長坂口湊到兩人身旁，開口問道。

因為身高不高、眼睛很大，又長了一雙圓眼睛，綽號就叫「豆狸」。坂口看了看芝田手裡的東西，問道：「披頭四嗎？查到些什麼沒有？」因為坂口是只會聽演歌的中年人，所以他並沒有插手這方面的調查。

「*PAPERBACK WRITER*——我們正在解這個廉價小說作家之謎呢。」

直井用手指著錄音帶的曲目，半開玩笑地說。

「哦？這是廉價小說作家的意思啊？」

坂口佩服地說。他的英語也很差勁。

「WRITER就是作家，而PAPER BACK就是廉價小說的片語。」

「不對，PAPERBACK是一個單字啦。」

芝田苦笑著糾正道。坂口一臉疑惑地看看錄音帶盒。

「可是PAPER和BACK之間是有間隔的啊，莫非是筆誤？」

「咦？」

芝田接過錄音帶盒，重新看了目錄。的確，目錄上寫的並非「PAPERBACK WRITER」，而是「PAPER BACK WRITER」。

「大概是筆誤吧，」直井湊過來說道，「也可能其中另有深意。」

「應該沒什麼深意吧。」坂口說，「相反，如果不是筆誤的話，那麼意思可就說不通了，PAPER是『紙』吧？BACK是指『後面』吧？意思就變成『在紙的後面寫作的作家』。完全不知道在講什麼。」

「不，在這種時候，BACK就應該翻譯作『背面』。所以，『在紙的背面寫作的作家』……」

芝田突然猛地抬起頭，目光與直井對在了一起。直井似乎也明白了。

芝田從錄音帶盒裡抽出曲目，翻過背面來看了看。但依舊是什麼都沒寫。

「不對，是這裡。」

話音剛落，直井便揪住了錄音帶的帶子，使勁兒往外一抽。細長的褐色帶子順勢飛了出來。

「看看背面。」

不必直井開口，芝田早已翻過帶子背面檢查起來了。在帶子即將完結的地方，終於有所發現。

「真是繞了一大圈呢……」

芝田呆然低聲說道。直井走到他的身旁，往他的手邊湊近一看。看到兩個人的樣子，其他的搜查員也聚集了過來。

細長的褐色帶子背面，密密麻麻地寫滿了字。

2

只想把真相告訴妳。只要妳能明白，我為何會感到痛苦。

我想要錢。有了錢，就能向世人展示自己的實力了。但像現在這樣的話，大概這輩子都不會有出頭之日的。

可是這種心情，卻被那些傢伙巧妙地利用了。

我決定用卑劣的手段賺大錢。便抓住高見雄太郎的把柄，想要勒索。儘管也是聽信了那些傢伙的花言巧語，但一樣是拋棄了做為一個人最重要的東西。

沒錯，那時候我的確是瘋了。所以，當聽到高見先生說他決心去報警的時候，我不明究理地撲向了他……

說說那些陷害我的人吧。其中的一人是叫Higashi的男子，上次妳到我房間來，看到桌上的肖像畫，不是說這男的目光太銳利了嗎？而那幅畫上的男人，正是Higashi。真正的身分我也不大清楚。只有一次，曾經偶然看他走進名古屋的「華屋」這家珠寶店。但感覺不太像是客人。店員都對他敬畏有加，或許是「華屋」的什麼大人物也說不定。另一個男人叫做Tsuburaya。這一位是什麼人我不太瞭解。總是待在Higashi身邊。Tsuburaya長了一張又長又平的臉，年紀約莫在三十歲後半。

如果妳想把這些事告訴警察，那也沒關係。但那絕不是我所希望的。就像之前寫到的，如果我們的罪行曝光的話，將會有更多的人受到傷害。

繪里，真的很對不起。我是個白癡。請早點把我忘掉，希望妳能夠幸福。

錄音帶的背面，寫著以上的話。

內容令人震驚。芝田把這些抄到黑板上，這中間，連其他的搜查員也說不出話來。

「這可是個絕大的發現。」松谷驚訝地搔頭說道，「從這段文字上來看，似乎是伊瀨和Higashi、Tsuburaya這兩個男人聯手，勒索高見雄太郎，恐怕是要了好幾次錢，得知高見決心報警之後，便一時衝動將他殺害了。」

「牧村繪里發現了這個，於是便準備找Higashi和Tsuburaya報仇。因為如果不是這兩個人的話，伊瀨也就不會死了。」

聽過芝田的意見，周圍的人都點了點頭。

「這我能理解，但繪里到底打算怎麼做呢？這段文字裡就只知道Higashi和Tsuburaya的名字。」

松谷嘟起了厚厚的嘴唇。

「繪里曾經看到Higashi的肖像，再從『華屋』的大人物這一條件來看，她已經看穿了Higashi的真實身分。之後來到東京，是因為知道Higashi人在東京。」

說著說著，芝田感覺到自己的身體正在漸漸發熱。松谷抱著雙臂仔細思考，似乎以自己的方式反芻著芝田的意見。

「這個Tsuburaya該不會就是丸本吧？」

直井指著黑板說道，「從面部特徵和年齡上看都完全一致。丸本設立邦比宴會設計時的資金來源這就一清二楚了。此外，Tsuburaya這個姓氏寫成漢字就是『圓谷』，『圓』和『丸』，怎麼看都像是假名。」

眾人一陣驚歎。很犀利的意見呢。松谷盯著黑板看了一陣，慎重地表示贊同，「或許吧。如此說來，牧村繪里也知道這個Tsuburaya的真實身分吧？所以才會潛入了邦比宴會設計？」

「不，倒也未必如此。」一名從剛才起就默不作聲的搜查員說道，「她也有可能是為了參加『華屋』的派對，才潛入了邦比的。」

真是好意見，芝田心想。光從這盒錄音帶上來看，是無法看穿Tsuburaya的真面目的。

「如此說來，就是這麼回事了，牧村繪里為了報仇來到東京。做接待小姐只是單純為了掙些生活費，但後來聽說『華屋』的感謝派對，而且都會指定邦比宴會設計，於是便跳槽了……」

「就是這樣。繪里來到東京，過了兩年時間，卻依舊沒能找到接近Higashi的辦法，於是決定藉由派對來接近『華屋』。」

直井激動得口沫橫飛，「但進入的這家公司，竟然是Tsuburaya經營的邦比宴會設計。真是很厲害的巧合呢，但既然『華屋』與邦比之間的關連就等同於Higashi和Tsuburaya之間的關連的話，那麼也就算不上什麼巧合了。」

「這個Higashi的真面目就是佐竹嗎？」坂口猛地一拍膝蓋。松谷也沉吟著點了點頭。

「還要點證據來證明這一點啊。好，再去徹底地調查一次佐竹的過去。尤其是在高見雄太郎被殺的那段時間裡的情況。」

他激動地說完之後，環視了一下眾人的反應。

「可以問一句嗎？」直井抬起了手，「真野由加利被殺的原因，也是因為她發現了錄音帶的祕密吧？」

「應該是吧。」坂口在一旁插嘴道，「在被殺的前一天，她不是還向男性友人問過『華屋』的社長是誰嗎？大概是因為她看了遺書吧，而兇手弄亂真野由加利和小田香子家的目的，也正是為了尋找這盒錄音帶。」

「但兇手又為何會知道有這捲錄音帶存在呢？不，應該還不知道是藏在錄音帶裡的。如果知道的話，那麼這捲錄音帶早就落入兇手的手中了。總而言之，兇手知道伊瀨留下了告白的紀錄。這又為什麼呢？」

直井環視了一圈，想要向眾人徵求意見，可是卻沒有人發言。這樣的評論有夠犀利，芝田想著。兇手的行動一定是有其根據的。

「會不會是真野由加利自己告訴兇手的呢？」

松谷終於開口道，「因為有這些證據，要兇手說實話。」

「不過光憑錄音帶的話，無法斷定兇手是誰。」坂口說道。松谷也露出了困擾的表情，

「好吧，這就是回家功課。目前先是佐竹。」

「還有高見雄太郎的祕密。」

聽芝田這麼一說，松谷重重地點了點頭。

「沒錯。高見雄太郎究竟有什麼把柄落在他們手裡？把高見家的祕密找出來。」

3

高見俊介的房間位於公寓的最東邊上。雖然南面也有陽臺，東面卻是很大的屋頂陽臺。站在那裡眺望風景，正面就是高輪王子飯店。淋浴在陽光下，大樓顯得格外耀眼。

「就只有景色還不錯這個優點。」高見一邊煮咖啡一邊說道。摩卡的香氣在房間裡四溢。

「哎呀，讓我來吧。」

「沒關係的，過會兒還要讓您做菜呢。」

見高見笑著回答，香子便沒有再說什麼。

今天是香子的房間被弄亂的三天後的週日，終於到了展示廚藝的時候了。香子感覺無比緊張。

「接著剛才的說，除此之外，有沒有想到什麼東西被偷走了呢？」

高見把咖啡端到了沙發這邊。

「嗯，貴重物品並沒有失竊。」

因為到品川來迎接，在車子裡講了三天前的事。高見大為吃驚。

「令人擔心啊，」高見皺著眉說：「不會是因為和我交往，才給你帶來麻煩吧？」

「應該不是這樣的。」香子連忙否認，「像這樣子見面應該是沒有人知道的。房間被弄亂，大概是被認為我和繪里、由加利小姐比較熟吧。」

「是那樣的話就沒關係。」

高見依舊一臉複雜的表情。他喝了口咖啡。

一邊喝咖啡，香子一邊環視了一下屋裡。這裡的客廳和廚房很寬敞，比香子的房間要大得多。而且除此之外，還有兩個房間。這麼大的空間，兩個人住也相當足夠。

「雖然是這麼說，剛才錄音帶的事也挺有意思的。由伊瀨耕一手上轉到牧村繪里小姐手上，之後再從繪里小姐傳遞給真野由加利小姐——那個披頭四的錄音帶裡隱藏著些什麼的推理，其實相當有趣呢。」

「目前還只是推理而已。」

「不，這肯定不會有錯的。那些錄音帶現在在哪裡呢？」

「被警方的人員拿走了。」

香子說完，高見的表情在一剎那間僵住了。其後，他再次露出了笑臉，喝了剩下的咖啡。

「是嗎？真是遺憾，還想看一下那些錄音帶呢。」

「可是，我剛才也說過了，關鍵的部分似乎已經被某人給洗掉了。」

「也許吧，不過……」

高見用認真的眼神看著香子繼續說道：「說不定，也有可能只是用跟錄音不一樣的手段，將那個『什麼』隱藏了起來。」

「不一樣的方法？」

「這我也不清楚。」

高見站起身來，走到音響旁，放入了唱片。合成器的聲音靜靜流洩出來。「這是巴哈，」他說道：「用合成器演奏的巴哈，聽起來相當不錯呢。」

兩個人靜靜地聆聽了一陣演奏。

「那個……」

香子再也忍受不了沉默，開口說道：「如果警察把那些錄音帶送回來的話，我會馬上拿過來的。」

高見稍稍想了一下，之後微笑著回答：「嗯，那就拜託了。」

看到他的反應，香子明白自己的提議根本毫無意義。如果警方歸還了那些錄音帶，那就說明其中根本沒有任何問題。把這些東西送給高見，完全沒有任何用處。

——我真是笨蛋……

聆聽著巴哈，香子獨自感到羞愧。

這事都怪芝田。她心想。這兩三天，芝田一直沒有在香子面前出現過。每天都到夜裡，可以確定芝田會回到高圓寺的公寓。證據是每天早上被收進去的報紙。而有回房間的話，「明天上班之前，到我這裡來喝杯茶吧 香子」，應該會注意到這種投入郵筒裡的信才對，即便如此他卻一直不來按香子的門鈴。

其中的緣故不言自明。要是芝田見到香子的話，一定覺得會被她詢問搜查的狀況，實際上香子也有這種打算。她想知道那些錄音帶後來怎麼樣了。

——他是在擔心我把情報洩露給高見先生。可是高見先生又不是嫌犯！

看著高見俊介俊秀的臉龐，香子心中想著。

差不多該做些準備了，香子收拾好咖啡杯，走進了廚房裡。繫上自己從家裡帶來的圍裙，感覺就像是個準備上場比賽的運動員。

「要做些什麼菜？」坐在沙發上的高見問道。「不是什麼了不起的東西。」香子回答。這不是謙虛，而是事實如此。

練習了無數次的「香子流galantine、Japanese風」最終還是作罷，今天的菜單是佛羅倫斯風豬肉、地中海沙拉和法式雜菜湯，全都是些適合初學者的料理。

「啊，不好。」

香子把食材放到調理臺上，對照著作法的小抄，才發現忘了買蘑菇罐頭。

「怎麼了嗎？」看報的高見抬頭問道。

「我忘記買一樣東西了。我去去就來。」

香子解下了圍裙。

「現在要去嗎？如果不是很重要的話，不要使用也是可以的吧。」

「呃，這個嘛……」

香子不知該如何回答。說句實話，她自己也不太清楚缺了蘑菇罐頭會怎樣。想來或許也不會有什麼太大的差別，但初學者的心理是如果不照著範本來就會感到不安。

「還是想去一趟。也不想做些四不像的東西。」

「是嗎？那路上小心。門就不必鎖沒關係。」

「我走了，啊，這樣就好——」

香子制止要從沙發站起來的高見，走過走廊來到玄關。穿上鞋子，要打開房門的時候，又注意到一個失誤，忘了帶錢包。她關上門，再次回到走廊上。
就在這時，電話響了起來，電話放在客廳。
香子聽到高見接起電話，說了我是高見。
「你為什麼？」——接下來他的聲音聽起來似乎有些緊張。香子不由得停下腳步，仔細聆聽。
「交易？」他問道。或許是以為香子已經出門的緣故，聲音並不算小。「什麼的交易呢？」
一陣沉默。高見又立刻說道：「您在說什麼？我實在是不明白。」
又再次沉默。這一次比剛才久。不知為何，甚至就連香子的掌心也滲出了汗珠。
過了一會兒他說道：「我知道了。」——低沉的聲音，「那在哪兒見面呢？……好吧，那就明天八點。」
他掛斷電話的同時，香子躡手躡腳地回到玄關，之後故意大聲地開關了房門。之後，用同樣的腳步聲，走過了走廊。
「我怎麼會這麼笨呢？居然連錢包也不帶就出去買東西了。」

4

當香子在高見家開始動手做菜時，芝田和直井已經回到了新宿署。兩個人出發到佐竹家周圍去調查。如果佐竹就是伊瀨的遺書裡提到的那個Higashi，那麼他和丸本就應該同樣在三年前弄到了一大筆錢才對。兩人就是要向佐竹周圍的人查證是否有過可疑的變化。但是就今天的調查範圍來看，顯然不會打聽到這類情況。

「名古屋那頭的情況如何？」

向松谷報告過情況之後，芝田問道。

已經派出搜查員前往名古屋，到伊瀨常去的店裡調查是否見過疑似Higashi或Tsuburaya這類名字的男人。

「目前還沒有什麼重要的聯絡，」松谷回答道：「不過去調查高見家情況的人卻聽到了些關於高見雄太郎女兒的奇怪傳聞。」

「女兒？啊這麼說來……」

芝田想起上次到愛知縣警本部時聽說過女兒的事。確實是受了雄太郎被殺害事件的影響，婚事就作罷了。

「名叫高見禮子，是雄太郎的獨生女兒。可是如今也搞不清楚這個人是否還在。」

「行蹤不明嗎?」

「不,算不上行蹤不明。據說可能是在名古屋的高見雄太郎的老家,與現任社長康司的家人住在一起。」

「可能是?」

「還說得真不清楚啊。」直井也說。

「據說案發以後,她就一直閉門不出。生父被殺,遭受了這樣的打擊,也難怪她會如此,但在這一兩年見過她的人都不在了,讓人感到有些蹊蹺。」

「不會是死了吧?」

直井的玩笑有些過火。松谷瞪了他一眼,「不是那樣的,原本見過她的人不在了,卻也有人曾見過她,據說樣子還不錯。」

「結婚的對象又是怎麼樣的人呢?」

芝田問道,「這個嘛,」松谷把嗓門壓得很低,「是大藏省的官員的兒子。當然了,相互間有些策略上的交換。」

「後來有重提過這門婚事嗎?」

「不清楚,不過就目前來看沒有動靜。如今高見雄太郎已經不在了,或許也就沒有意義了吧。」

之後,松谷露出了決心將這條線索追查下去的表情。

「對了，那些畫像怎麼樣了呢？」

芝田這麼一說，松谷原來緊繃的表情又鬆弛了下來。

「你們帶回來的似乎就是伊瀨畫的肖像畫的全部了。雖然也請愛知縣警協助，但似乎沒有發現其他的。」

照帶子上的遺書所說，伊瀨應該曾經畫下Higashi的肖像畫。雖然芝田他們調查了繪里的房間裡找到了那些畫，但別說佐竹了，連與「華屋」有關的人的臉都沒找到。

「或許是Higashi自己已經處理掉了吧？」

直井說道，這種情況也有可能。

「如果真是如此的話，那麼當年牧村繪里就只是單憑在伊瀨屋裡看到的記憶，上東京來報仇了。而且為了這個，持續等了兩年半。認真起來的話，可怕的果然是女人呢。」

松谷有感而發地說。

「但佐竹的長相算是很好記的，肖像畫也很容易畫。伊瀨的遺書沒有提到太多，確實是個目光銳利的男子。」

芝田邊說邊想到香子曾形容像具骷髏似的。

「如果是這個佐竹的話，就變得有些棘手了。」

松谷的眉頭，皺紋深得就跟用雕刻刀雕出來的一樣，「眼下也派了其他刑警去調查了，但在牧村繪里被殺的時候，那傢伙似乎有不在場證明。當時他正和西原一家一起，在同一家飯店頂樓的酒吧接待重要客戶。從九點到十點這段時間是完美無缺的。」

「那，下手殺人的就是丸本嘍？」

直井立刻說道。之後看了看芝田，接著又說：「可以完成那個密室手法的只有丸本吧？就是他了。」

「不，我覺得不大對勁。」

芝田否定道，「正是因為不知道丸本就是Tsuburaya，所以牧村繪里才打算在辦派對時找Higashi報仇的。」

「這一點我明白。」

「如此一來，她在飯店房間裡等的人也應該是Higashi才對。」

「話是沒錯，但也可能是丸本代替Higashi去見她。」

「不，應該不是。」松谷一邊往廉價的茶碗裡倒淡茶，一邊說道，「儘管最終事與願違，但繪里的確下了毒。那就說明，目標的對象曾經出現過。」

「是嗎……」

聽松谷這麼說，直井也不得不同意。儘管如此，依舊有些不大明白，「不過當時繪里的行動究竟如何，怎麼想都很難把握當時的狀況。經過了哪些事她才死掉這一點，目前也還不清楚。如果不能弄清這一點，就先談不在場證明的話，也沒有想法啊。」

「這話倒也說得沒錯。」

松谷手裡端著茶碗，目光投向遠方。不久重重地點了點頭，「好，那就實際來做吧，再現當晚的情況。」

「實際來做？怎麼做呢？」

「比方說，如果你是繪里。這裡是飯店的房間。已經成功約到了Higashi，對方隨後就要來了。這裡會怎麼等待對方呢？假設這是啤酒瓶，這是杯子。」

松谷遞出了桌上的藥罐和喝茶的茶碗，對直井說道。直井熄掉了香菸，端坐在椅子上。

「這個嘛，如果我是繪里的話……我應該會事先把毒藥倒入瓶子裡。這樣比較確實。之後，像沒開過一樣把瓶蓋給蓋回去。」

「但如此一來，會變成自己的杯子裡也會被倒入有毒的啤酒了。為了讓對方疏忽大意，自己也必須稍稍喝一點啤酒才行。」

松谷馬上反駁。對呀，直井搔了搔頭。

「那麼如果是這樣的話又會怎麼樣呢？事前便先在自己的杯子倒入啤酒，」直井將藥罐傾斜，做出在一隻茶碗裡倒入茶水的樣子，「之後她再往瓶裡下毒。就這樣等待對方。」

「好，那樣的話應該可以。接下來，芝田。」

「有。」

「你來充當Higashi的角色。從進入房間開始。」

「啊。」

回答過後，具體來說要做些什麼芝田並不知道，接著松谷對直井說道：

「和對方面對面之後，繪里首先會怎麼做呢？」

直井稍微想了一下之後，「應該會勸對方喝些啤酒吧。」

「好，那就試試吧。」

直井將藥罐傾斜，「來一杯如何？」邊說邊往芝田的茶碗裡倒入茶水。

「好了，問題就在這裡了。Higashi會怎麼做呢？如果這麼喝下去的話應該就死掉了。」

「Higashi或許會認為酒裡可能被下了毒。」

「嗯，然後怎麼做呢？」

「會尋找繪里的空隙，考慮如何交換過來。」

芝田迅速地把直井面前的茶碗和自己的對調。松谷點了點頭。

「嗯，或許有這樣的空隙也說不定。故意把東西弄掉到地上，讓繪里去撿也可以。然後呢？」

「兩人喝下啤酒。」

直井把茶杯端到嘴邊，芝田也跟著照做。直井放下茶杯，比了個搔喉嚨的動作：

「嗚，好痛苦……是這樣吧？」

「演技有夠爛的。算了就這樣吧。」松谷苦笑了一下，朝芝田問道：「那之後Higashi

又會怎樣做呢？」

「應該會把丸本叫來吧，然後考慮如何善後。」

「等一下，犯案的時間是幾點呢？」

「這個嘛……」

芝田看了自己的紀錄。牧村繪里是在九點二十分左右向櫃檯借了鑰匙的，那麼，「在九點半左右吧。」

「那麼丸本到櫃檯去請人幫忙打開二〇三號房的門是什麼時候呢？」

「據說是在九點四十分左右。如此說來……當時丸本應該就在現場附近。」

如果不是這樣的話，那麼時間就對不上了。

「Higashi 被繪里叫來的時候，會不會就先和丸本聯絡過了呢？所以丸本就在附近待機。」

直井提出了見解。

「好。這點先暫且打住。現在再來討論一次啤酒瓶的問題。」松谷輕輕地敲了敲小道具的藥罐，「這樣子的話，瓶裡就會留有毒藥。兇手當時是怎樣處理它呢？鑑識結果清楚地說，並沒有被清洗過。」

「會不會是從冰箱裡另拿一瓶，稍稍倒掉一些，然後把下了毒的酒瓶調換了過來？」

直井說道。「不對，冰箱裡雖然有準備兩瓶啤酒，但另一瓶根本就沒人動過。」松谷反駁道，「不過也可能會從其他地方拿過來偷偷換上。那家飯店裡有沒有瓶裝啤酒的自動販售機呢？」

「沒有。」

芝田回答後，「是嗎？」松谷的臉上露出了一絲遺憾。似乎以為這是個不錯的想法。

「如此說來，是沒法很快地買到啤酒了？」

「從其他房間拿來的會怎麼樣呢？」直井問。

松谷的眼睛亮了起來，「哪一個房間？」

「二〇四號房。」芝田說道，「那天邦比宴會設計的準備室是二〇三和二〇四兩間。」

「但又是怎樣進去那房間呢？沒有鑰匙進不去吧？」

「如果那間房裡之前就有人在呢？」

「丸本在裡面嗎？」松谷握起右拳，一拳打到左手，「那傢伙接到Higashi的通知，就潛入二〇四號房。等等，丸本到底是怎麼進入二〇四號房的？」

「不是說要趁著二〇四號房還沒鎖門時進去嗎？請最後離開的接待小姐幫忙。」

芝田說道。自不必說，這位接待小姐當然就是江崎洋子。松谷也點點頭，「好，來整理一下吧。」把臉轉向黑板。

- 繪里邀請Higashi到房間（派對之中？）。
- Higashi聯繫丸本。

●繪里與小田香子一同離開二〇三號房（八點三十分）。
●丸本來到銀座皇后飯店，在江崎洋子的幫助下進入二〇四號房。
●繪里到櫃檯借二〇三號房的鑰匙進入房間（九點二十分左右），在裡面等待Higashi。
●Higashi進入房間，偷換酒杯。繪里死亡。
●Higashi到二〇四號房，請求丸本協助。
●從二〇四號房的冰箱裡拿出啤酒，稍稍倒掉一些，放到二〇三號房的桌上。被下毒的啤酒酒瓶在清洗乾淨後，被放回二〇四號房。
●Higashi離去。丸本在對門鏈動過手腳後來到櫃檯，請人幫忙打開二〇三號房的門（九點四十分左右）。

「好，這下子就徹底清楚了。」松谷一臉滿足地擦了擦下巴。

「最後一步就是丸本的表演了。之後把繪里說成是丸本的情婦，捏造出三角關係的自殺動機，而江崎洋子也同樣是他的配角。」

直井從西裝裡掏出一盒被揉得皺巴巴的菸來。甚至就連中間的香菸也折彎了。

「如果是這樣的話，Higashi當時至少在現場待上十分鐘左右的時間。如果佐竹只在那時候從接待的場合離開的話，那麼就說得通了。」

芝田一邊記錄一邊說道。

「好，我們就來查證一下這方面的情況吧。還有就是銀座皇后飯店，去確認一下那天二〇四號房裡的啤酒是否少了。」

松谷大聲指示道。

5

香子的料理最終成功了。在高見的幫助下收拾完畢之後，遠望著暮色西沉的天空，喝著飯後的紅茶。

兩人之間的談話並不算投機。原因香子心裡清楚。高見一直在想剛才那通電話的事。證據是即便香子主動和他說話，他也總是心不在焉。香子能理解他現在的心情，也變得比平常沉默了些。

——那通電話究竟是誰打來的呢？

沉默持續，香子心裡也在想這件事。單純只是工作上的交易嗎？

然而從高見說話的語氣來看，事情似乎並非如此。交易？交易到底是指什麼？

「我也差不多該告辭了。」

感覺到再這麼耽誤下去沒有意義，香子站起身來說道。或許是還在想事的緣故，高見反應慢了一拍才看向她。

「是嗎？那我幫妳叫車吧。」

之後高見消失在隔壁的房間。沒過多久，便再次走了回來，「很抱歉，我似乎是把電話簿忘在車上了。我這就去拿，請稍等我一下。」

「嗯，好的。」

他出去之後，香子再次坐到了沙發上。邊桌上的電話機映入了她的眼簾。是深藍色且附帶錄音裝置的款式。

——搞不好，剛才那通電話也錄了音呢。

香子稍稍猶豫了一下，將帶子稍微回捲，乾脆地按下了播放鍵。

什麼聲音也沒有。

等了一會兒之後，香子把手伸向了停止鍵。果然，剛才的那通電話並沒有錄音。然而就在這時……

「俊介先生。」——發出聲音。是女人的聲音。香子的手指放在停止鍵上，無法動彈。

「俊介先生……請來找我吧……俊介先生……請來找我吧……俊介先生……」

全身的雞皮疙瘩頓起，香子趕忙按下了停止鍵。錄音帶的聲音戛然而止，房間裡似乎只剩下心跳的聲音。

——剛才那聲音……

這時開門聲響起。伴隨著腳步聲，「讓您久等了，」傳來了高見的聲音，「現在馬上幫您叫車。」

高見走到香子身旁，把電話抱到了自己面前。就在準備按下號碼之前，他看著香子的臉說道：「怎麼了嗎？」

「嗯？」

「臉色很糟糕呢。」

「啊……」香子說著摸了摸自己的臉頰，「大概是累了吧。」

「今天真是辛苦妳了。」

高見溫柔地說。之後便開始打電話。

眼望著計程車車窗外流過的霓虹燈，香子心裡感到很不痛快。錄音帶裡的那聲音，一直縈繞在腦海裡。

那聲音大概是段電話留言錄音吧。所以才會聽不到高見的應答聲。

——雖這麼說那真是好悲傷的聲音啊。

俊介先生……來找我吧……

香子之前也聽過那聲音。

第一次和高見去吃飯要回家時，車裡的電話突然響起時，接起來後就聽到那聲音。

那個時候的，啜泣聲……

第九章

以眨眼乾杯

1

星期一的上午，芝田和直井兩人再次來到了邦比宴會設計的事務所。搭上這部電梯已不知是第幾次，自然就變得很熟悉。

進入事務所，兩人沒跟任何人打招呼就直接沿著走道前進。丸本正在看某種文件。見兩人站在桌前，緩緩抬起頭來，然後睜大了眼睛。

「嚇我一跳。發生了什麼事嗎？」

「沒有，只是還有點事想請教您。」

芝田說完後，丸本不知所措地將視線移回到文件上。

「現在實在抽不出時間來。」

「一下子就好了，十分鐘也可以。」

丸本很困擾地皺了皺眉，「那就十分鐘，拜託了。」站了起來。

一進會客室，丸本就先看了手錶。似乎是在確認時間。所以芝田也就開門見山切入正題。

「首先想請問的是繪里死去那天夜裡的事情。之前您曾經提到，和她約好要在銀座皇后飯店碰面的對吧？」

「是曾說過。」丸本平靜地點頭道。

「是要在什麼時候見面呢？」

「並沒有特地精確決定是哪個時間。因為工作結束後，準備室空下來大概是在九點左右，所以我也在那個時候才前去拜訪。」

真是謹慎的回答，芝田心想。

「您是幾點抵達飯店的呢？」

「呃，」丸本把手貼到額頭上，「九點半吧……我想大概是那個時間。」

「在這之前您人在哪裡呢？」

根據芝田他們的推理，他應該正躲在二〇四號房裡。

「稍等一下。」

丸本掏出手冊。在翻頁的時候，又偷瞄了一下手錶。看來是準備十分鐘一到就馬上逃走吧。

「八點離開這裡，再從銀座慢慢散步到飯店去的。」

「這麼說，您在街上逛了很長的一段時間呢。」

一旁的直井諷刺地說。丸本沒有回應，而是露出了尷尬的笑容，似乎在說這種事就隨便別人怎麼說吧。

「可以再問一個問題嗎？」

芝田問道。「好啊。」說著，丸本再次看了看手錶。

「這個問題或許有些失禮，但我們還是不得不問，是否有證據能夠證明您和牧村繪里小姐正在交往呢？」

「這可真是……」

丸本把身子往沙發上一靠，重重地歎了口氣，「失禮的問題呢。」

芝田什麼都沒說，注意看著丸本的表情。他相信繪里並不是這男人的情婦。

「很遺憾，什麼都沒有。」

丸本口氣執拗地回答。那副相當遺憾的樣子真叫人火大。

「請您再仔細想想。」直井說，「要證明男女之間什麼也沒有的話很困難，但要證明有什麼的話一般來說應該是很簡單的。」

這也是充滿了嘲諷意味的臺詞。而丸本卻淡淡一笑，搖了搖頭。

「那是一般的情況吧？但我和繪里可是很謹慎的。」

「可是……」

「哎呀。」

這時丸本站了起來，「很遺憾已經過了十分鐘。本想再多陪陪兩位，但實在是很忙碌，兩位刑警請慢慢來。」

芝田恨不得一把掐住丸本那細長的脖子。

出了會客室，兩人再次穿越辦公室，向門口走去。電話鈴聲依舊響個不停。甚至有一個員工抱著兩隻話筒。

「咦，又要取消？小田，很麻煩耶。」

聽到小田這個名字，芝田停下了腳步。握著話筒的是一位年輕的男職員。

「是喔，發燒的話就沒辦法了……嗯，可是……其他的女孩子……錢……那個……」

香子似乎正說個不停，那個職員放棄似的沉默不語。過了一會兒，他終於開口說道：

「我知道了。不過呢，希望這是最後一次了啦……是是，已經夠了不用再說了。」

那位職員放下話筒，對隔壁的女職員說：「小田香子，取消，似乎是發燒到三十九度。」

——感冒了嗎？

想像著香子躺在床上的模樣，芝田和直井一起離開了事務所。

2

牛仔褲和Polo衫，再披上夾克。最近一直都穿迷你裙，已經好久不曾穿成這個樣子了。把頭髮編成辮子，戴上裝飾用的太陽眼鏡，站在鏡子前面，感覺有點像是變成另一個人。

——差不多該出門了。

看了一下時鐘，香子往玄關走去。挑了一雙方便走路的鞋子。畢竟還不清楚之後會到什麼地方。

今晚八點，高見要和某人見面。昨天晚上香子一直都在想這件事，要麼什麼都不做，要麼去找芝田商量……可是覺得找芝田商量有點愚蠢，對方什麼都不會告訴自己，這邊卻主動提供情報實在不公平，而且芝田一定會把高見當壞人。

所以她決定試著自己去跟蹤高見，再視結果去考慮今後的事情。

「好了，上戰場了。」

給自己打氣之後，香子趁勢打開門。

「咦？」

「啊？」

不知為何，芝田就站在那裡。他還在驚嚇的狀態，開口問道：「妳是……哪位？」似乎並沒有發現是簡單變裝的香子。

「香子不在。」

說著，香子正要關門，就被芝田拉住了。

「什麼嘛，是妳啊，聽了聲音就知道了。」

已經露餡就沒辦法了。香子不再抵抗，讓他進到房間裡。

「為什麼這個時候就回到家了？」
「不是回家，是要來探病。」
芝田抬起右手。手裡提著裝滿水果的籃子。
「探病……誰生病了？」
「妳啊。」他說，「不是在發高燒嗎？不躺著休息沒關係嗎？」
「發燒？我可沒有發燒。」
說完，香子想起自己稍早打到邦比宴會設計的電話，「你該不會是……到事務所去過了吧？」
「是啊，然後聽到了電話的內容……」說著說著他的表情慢慢改變，「裝病嗎？」
「這跟你沒關係，水果就帶回去吧。榨成汁的話一定會很美味的。」
邊說邊推著芝田的胸口。他放下果籃，反推了回去。
「等等，妳要到哪裡去？」
香子睜大眼睛，搖了搖頭，「也沒有要去什麼地方。」
「不，顯然是要去哪裡。而且幹嘛穿得這麼俗氣？」
「不好意思啦，不用你管。不是說了跟你沒關係嗎？」
「既然沒關係那就可以說吧？不能說是因為有關係。不對嗎？」
芝田兩手叉腰低頭往下。香子看了一下手錶。再不快點出門，就趕不上高見離開公司的時候了。

「是要去跟蹤高見先牛啦。」

香子不再隱瞞。

「跟蹤？為什麼？」

芝田吃驚地問道，這反應很正常，香子說明情況之後，他的表情也變了。

「這樣啊，這一定有問題。」他咬了咬嘴唇，像是在想什麼的樣子，卻突然抬起頭來，「為什麼要瞞著我呢？」

「因為，」香子毫不示弱地咬著嘴唇，「你還不是什麼都不告訴我嗎？」

芝田默默地注視著香子的眼睛，香子也沒有閃避。

「我知道了。」芝田說，「總之快走吧，不是沒時間了嗎？」

「咦？」

「兩人一起跟蹤吧。」

在高見不動產本部大樓對面的喫茶店裡，香子和芝田正持續著監視行動。芝田續了一杯可可，香子已吃了兩塊蛋糕。

等待期間，芝田說了隱藏在*PAPER BACK WRITER*那捲錄音帶裡的祕密。像推理小說一樣的內容，香子連呼：「好厲害。」

「已經很接近真相了，問題在於高見家的祕密。雖然說最值得注意的是高見禮子。」
芝田把水喝完了之後，叫來服務生請他加些冰水。
「嗯，這或許完全沒有關係也說不定……」
事先聲明之後，香子把那兩通恐怖電話的事說了出來。聽了芝田的說法，覺得那會不會就是關鍵的高見禮子。
「如果高見禮子是這種狀態的話，就知道她為何不會出現在別人面前了。可是她變成這樣，應該是在高見雄太郎死後。所以與成為恐嚇素材的高見家的祕密應該是不一樣的。」
芝田雖然有些吃驚還是如此說道。香子也覺得應該是這樣。
七點半，高見俊介從公司出來。香子和芝田也跟著離開喫茶店。
高見沿著外堀通往新橋走去。香子和芝田跟在他身後二十公尺左右。香子和芝田什麼也沒說。因為高見走得很快，只要稍一閃神就可能會跟丟了。
高見鑽過山手線的涵洞，過了馬路之後走進了一家飯店。兩個人連忙在後面追趕。進了大廳，高見正在向櫃檯詢問著什麼。雖然往這裡看了一眼，似乎沒有發現香子，即使是很遜的變裝也比不變好。
看見他離開櫃檯搭上了旁邊的電梯，芝田迅速走向櫃檯。似乎是在問剛才那客人要到哪間房間。因為櫃檯人員露出驚異的表情，可能是嫌麻煩吧，芝田拿出了某物，可能是手冊吧。飯店人員的表情立刻就改變了。

「是三〇一〇號房，快點。」

芝田拉著香子的手，走向電梯。在電梯裡，他問道：「你覺得是以什麼名字訂房間的呢？」香子搖了搖頭。

「西原健三。」芝田說。

「怎麼會？」

「突然想要使用假名的時候，人們往往會使用自己熟識的名字呢。」

電梯到達三樓，很快走到走廊，就聽到啪一聲，還瞄到房門關上了，走近一看，果然就是三〇一〇號房。

芝田滿意地點了點頭，又回到電梯間裡。

「有件事要拜託妳，」他說，「打電話到新宿署找直井先生。請他到這裡來，如果他問了為什麼，把妳知道的情況告訴他就可以了。」

「了解。」

很有精神的回答後，香子搭上了電梯。

大約三十分鐘後，高見從三〇一〇號房走了出來，看到芝田他們，他一時間不太能把握現在是什麼狀況，開著門一臉驚訝。香子則躲在暗處看著他的樣子。

「我……每天都被跟蹤嗎？」高見問道。不，芝田回道，「是神明的指示。」

「想請您詳細說明呢，在裡面都談了些什麼。」

直井面向著房間，不久高見的身後慢慢出現了像影子一樣的黑色身影。

「談公事，這類裝傻的謊言請別說了吧。」

直井微微一笑，「吶，佐竹先生？」

3

鞋踏地板的聲音不絕於耳，因為坐在辦公桌前的松谷雙腳不停地抖動。兩肘撐在桌上，十指交叉，放在眼前。這是他搜查進展不順利心裡煩躁不安時的習慣，伴隨這個聲音，其他的搜查員也會變得更加沮喪。

已經大致可以掌握真相。之後只要夠證明的話應該就沒什麼問題了。

卻沒有任何證據。就算怎麼說得通，只憑推理是不能解決的。

而且兇手還有不在場證明。芝田他們的調查，案發時兇手的確和接待的客人待在酒吧裡。

另一方面，關於前幾天重建出的繪里被殺害的經過，幾乎已經得到證實。詢問銀座皇后飯店的結果，證實那天夜裡二〇四號房的啤酒的確少了一瓶。警方又跟邦比宴會設計的主管米澤取得聯繫，據他的證詞，那天夜裡的確請江崎洋子幫忙鎖二〇四號房的門。

芝田一邊喝著即溶咖啡，一邊看著前些天記下的案發經過與時間。有地方不太對勁。

●繪里和小田香子一同離開二〇三號房（八點三十分）。

●丸本來到皇后飯店，在江崎洋子的幫助下進入二〇四號房。

●繪里向櫃檯借了二〇三號房的鑰匙，進了房間（九點二十分左右），等待Higashi。

「我覺有個地方有問題。」

芝田說完，應該在隔壁寫報告的直井突然開始翻起了資料，顯然剛才是睡著了。

「嗯，什麼？」直井先是看了看松谷，之後又看著芝田的筆記，「那個有什麼問題嗎？」

「從八點三十分到九點二十分這段時間，繪里到底做了什麼呢？而且更早進房間去也不會讓人覺得有哪裡不對勁？」

「說得也是……」

「還有一點。牧村繪里到櫃檯借鑰匙的時侯，是用邦比宴會設計的牧村的名義。仔細想想的話，這還挺奇怪的。她正打算要殺人，如果成功殺了人，而警方又在那間房間裡發現了屍體的話，首先就會懷疑她的。她真的會那麼做嗎？」

直井臉色驟變。他默默站起身來，快步走到松谷那邊。松谷也一副驚訝的樣子，把芝田叫了過去。

「接著說說看。」松谷說。

「也就是說，」芝田舔了舔嘴唇，「我想搞不好去借鑰匙的並不是牧村繪里？」

「江崎洋子嗎？」

不愧是松谷，果然很敏銳。芝田點點頭。

「我的想法是，或許在那個時候牧村繪里早就已經死了。」

「可是櫃檯的人不會發現嗎？」

直井說道。「或許不會吧。」松谷回答，「他們可能不記得每一位接待小姐的長相。而且接待小姐的打扮和身形也很類似。還有洋子恐怕穿了繪里的外套。既然用了牧村的名字，櫃檯人員就不會起疑的。」

「如果去借鑰匙的是江崎洋子的話，案發時間就會變得更早了。那樣的話，製造出九點之後的不在場證明也是有可能的。」

「原來如此。」

松谷放在桌上的右手食指，叩叩地敲著桌面。像是被這個聲音所吸引，坂口他們也湊了過來。松谷接著又說：「有意思，不過有個問題。如果真是如此的話，就變成是牧村繪里沒有使用鑰匙就進到房間裡去了。」

「嗯，問題就在這裡。有沒有不去櫃檯借鑰匙就能進房間的方法呢？」

「去飯店問問看吧。」

因為松谷的命令，芝田立刻向銀座皇后飯店詢問。但結果不出所料。沒有那種方法。雖說有萬用鑰匙，但一般客人是不可能拿到的。

「不行嗎？果然。」松谷面色凝重地用手將All-back髮型的頭髮往後梳。

「但我認為牧村繪里確實是沒用鑰匙就進去了。」

芝田依舊不肯放棄。

「但不可能的事就是不可能啊。」直井說，「那家飯店的房間是用自動鎖，所以離開房間時就算想故意不鎖門也不太可能呢。」

——自動鎖？

芝田忽然閃過一個念頭，然後說：

「不，或許正因為是自動鎖，才做得到這種事的。」

松谷睜大了眼睛，「怎麼回事呢？」

「離開房間時，只要先把鎖舌固定在收起來的狀態的話，不用費力就能將門打開或關上。牧村繪里就是先弄成這樣的狀態，才和小田香子一起離開房間的。」

「那小田香子也是共犯嗎？」坂口大聲說道。

「不，應該不是的。是趁她沒看到的時候做的。我認為最後關門的人恐怕就是牧村繪里。」

「那又是做了什麼才讓鎖舌固定的呢？」松谷問道。

「應該也是膠帶吧。而丸本他們在密室詭計也使用了那個膠帶。」

之後跟香子取得了聯繫。根據香子的說法，最後關門的人是繪里沒有錯，而且香子在離開房間之前曾經去上了廁所，繪里應該就是趁那個時候將鎖舌固定的。

「好，就可以知道不在場證明是不完美的。雖然知道了，但還是沒有證據，怎麼去發動攻擊比較好呢？」

像是在向所有人徵求意見，松谷的目光掃過整個房間。

「伊瀨那個遺書的帶子能做什麼嗎？」

一名搜查員說道：「讓江崎洋子看那東西，讓她產生事跡敗露只是早晚的問題這種危機感。因為洋子跟殺人沒有直接的關係，考慮到自首比較有利，會不會出乎意料的容易攻陷呢？」

「雖然攻擊洋子很不錯，但光憑那個遺書，威力是不夠的。光憑那個，連Higashi的真實身分也無法得知。」

「最起碼要能留下張肖像啊。」

直井的感嘆，松谷也很能體會。「一點都沒錯。」

那張肖像消失到哪裡去了？——芝田也在想這件事。

——都已經用了那麼巧妙的方法將遺書留下，還想要求肖像畫也能這樣會太過分嗎？

芝田想起了錄音帶的遺書。伊瀨或許是擔心如果讓兇手發現就不好了，才會使用那麼複雜的方法。

——那麼……

對肖像畫會不會也是這樣想呢？為了不讓兇手發現而下了一番工夫……

「對了……」

芝田的聲音讓旁邊的直井跳了起來。

4

「華屋」的公關中心熱鬧非凡。因為是敗家子健三企劃的「世界新寶石展」的最後一天。

香子進來後，注意到她的健三一邊整理頭髮，一邊走了過來。依舊是白色的西裝。俗氣到讓人無言以對。

「真感動呢，妳竟然會主動約我，今天不用上班嗎？」

即使周圍的客人都轉過來，仍毫不在意地大聲說道。真是只有神經很厲害啊。

「嗯，今天不用上班。應該說『從今天起』吧。」

「從今天起？」

「不，沒什麼。能讓我看一下寶石嗎？」

香子說完，健三就厚臉皮地將手搭在她的腰上，演說般地說道：「請不要客氣盡情參觀。這裡有世界各地的寶石，而且還蘊藏著未知的可能性。即使是過去任何人都沒有看過的巨大寶石，接下來也能夠看到喔。」

「是贗品吧？」香子說。

「不是贗品，」他激動了起來，「因為自然存在的寶石品質不好，才要做出比那更好的東西。到時候，大家就不會有人想要天然的了。」

說完，他繞到一座展示櫃的後面，拿出一個亞力山大石戒指。大寶石的周圍被鑽石所環繞。

「妳看這個，很美吧。這美麗不應專屬於有錢人，而應該平等地分享給所有的女性。」

兩名男子走到了香子的身旁。健三一時間並沒有注意這兩個人，不久似乎想到了而露出驚訝的表情。

「這不是刑警先生嗎……為什麼會到這裡？」

兩人正是芝田和直井。芝田伸手接過健三手裡的亞力山大石說道：「真的很美呢，根本不覺得是人造東西。」

健三默不作聲，似乎正在思考這兩人出現所代表的意義。

芝田把戒指還給健三，接著說：「江崎洋子已經全招了。」

健三的表情越來越嚴厲。這是香子至今都沒有看過的表情。

「怎麼回事？」

這也是過去從來沒有聽過的陰沉的聲音。

「若能跟我們一起到警署的話，就會向您說明。」

兩名刑警和健三互瞪著對方。在他們周圍，那些「華屋」的ＶＩＰ像看到什麼珍奇的東西似的，來回看著展示櫃，應該完全無法想像這裡交談的對話的內容吧。

「不知道理由的話我是不會跟你們走的。」

半晌，健三才開口說道。

芝田先是低頭看著地上，然後緩緩開口說道：

「你們在由加利小姐的屋裡找的東西，我們找到了，是關於這方面的事，Higashi先生。」

健三一直保持沉默。因為是聰明的男人，所以正冷靜地思考。沒錯，健三不是什麼笨蛋兒子，而是既可怕又精明的男人。

芝田把手裡提的紙袋放到展示櫃上。

「你一直極力抹除伊瀨耕一和丸本之間有關聯的痕跡，老實說真讓我們束手無策呢，從各種跡象來看，即使知道Higashi就是你絕不是其他人，也無法證實。可是啊，你卻犯了一個致命的錯誤。就是伊瀨耕一曾畫過你的肖像畫。但即便是我們，也不是馬上就能找到那幅畫，也是費了九牛二虎之力才找到了那幅畫的。」

香子注意到健三的手指正輕輕地顫動。

「畫在出乎意料的地方找到了。」

芝田把紙袋裡的東西拿出來。是那幅伊瀨耕一死去的時候，放在畫架上的風景畫。健三用不帶感情的雙眼看著那幅畫。

「用X光調查這幅畫的時候，發現這幅畫下面還畫了一幅肖像畫。肖像畫的旁邊還寫著Higashi。而那幅肖像畫，竟然是你的臉呢。」

「已經讓江崎洋子看過這幅畫和伊瀨留下來的自白書了。」

直井追打似的說，「之後她就屈服了。畢竟她沒有直接動手殺人，所以最容易被攻陷呢。」

「……這樣嗎？」

「您也知道她認罪的事吧，偽造不在場證明的事也已經解決了。你已經無路可逃了。」

芝田把畫放回原來的紙袋裡，說道。健三擦了把臉，把兩手佇在展示櫃上，接著就一直盯著人工製造的寶石散發的光芒。

5

兩天後的早晨——

芝田和香子來到了東京車站的月臺。只是單純來送行的。這個時段，新幹線的月臺上到處都是要去名古屋或大阪的上班族。兩人在位在商務車廂停車處附近的椅子上，一起坐了下來。

「是九點發車的吧？好像有點太早了。」

交互看著手錶和從樓梯走上來的人，芝田小聲說道。

「就跟你說了不是嗎？可是你卻說遲到了就不好了，一直催我。」

「要是真的遲到了不是很糟嗎？有點餘裕的話，不是比較好嗎？」

說著，芝田打開了從車站的販賣店買來的爆米花的袋子。

「多虧了你這種容易緊張的個性，害我都沒有辦法好好打扮。」香子用手整理了一下髮型，「這種事就算了，繼續你剛才的話說吧。」

「剛才說到哪裡了？」

「繪里遭人毒害的經過，搜查本部的大叔們推理中。」

「還不算是大叔吧？」

芝田有點生氣地抓了一把爆米花，「當時還堅信Higashi的真實身分就是佐竹。」說著，把爆米花扔進了嘴裡。

「那時候我活躍的表現很有用呢。」

香子有些得意。芝田一邊嚼著爆米花，一邊看了看她天真的臉。

「活躍嗎……算了。多虧了妳的幫助，才能趕到高見俊介與佐竹部長的密會現場。之後，我們分別對兩人加以偵訊，結果發現了一些有意思的事。」

「說話賣什麼關子嘛！這樣子很討人厭耶。」

「別這麼說嘛。對於偵探而言，這是最驕傲的時刻呢。其實呢，是佐竹調查了健三的過去。」

「調查過去？為了什麼？」

「如果要說明這件事，就不能不說健三被斷絕關係的事了。」

「請你告訴我吧。反正時間還很多。」

香子伸手拿走芝田的爆米花，塞進嘴裡，露出惡作劇的笑容。

「真沒想到要在這種地方報告，或許妳早就知道了，實際上健三在五年前曾被正夫社長趕出去，是因為太過放蕩而不想再理他。可是兩年前，斷絕關係這件事又取消了，知道是為什麼嗎？」

香子搖了搖頭。

「健三在大阪開了家飾品店的流言，傳到了正夫社長的耳裡，健三以仿冒品為主力商品，經營得有聲有色。所以這個笨蛋父親，以為兒子終於力圖振作，就將斷絕關係的事解除了。」

「雖然是有錢人，父母還是父母呢。」

香子突然想起了鄉下的父母。這是她的祕密，其實她出生在鄉下。

「可是有人卻不樂見這樣的發展。就是曾代替健三管理店鋪的佐竹部長。」

「我知道了。佐竹部長對健三那樣順利就得到店鋪的事心存疑慮。」

「正是如此。」芝田拍了拍膝蓋，「雖然健三手上的確有些積蓄，但是也沒有多到可以開店。而且也不相信健三會認真工作存錢。所以他決定徹底調查健三開店的資金來源。」

「原來如此。不過，這又和高見先生有什麼關係呢？」

「佐竹請了徵信社幫忙調查，那段時間他得到一個有趣的情報。情報內容是在調查健三的過去的人還有另一位。調查那個人的身分之後，發現那就是高見俊介。」

「高見先生也是？」

香子把眼睛睜得更大了。

「沒錯。就佐竹來說雖然是很想知道高見的目的，但還是決定先觀望一陣子。就在這段時間裡，高見不動產跟『華屋的』親近了起來。這一定有什麼目的，佐竹在一旁虎視眈眈。」

「之後有發生什麼事嗎？」香子探出了身子。

芝田搖了搖頭，「什麼都沒發生，」輕描淡寫地說：「只是繼續觀望，真不是普通的執著呢，佐竹這個男人。」

「感覺就是執念很深的傢伙。」

香子想起了他像影子一樣陰暗的表情。

「這樣一直處於某種膠著狀態。健三的過去依舊不明，高見也不見有任何動作。就在這時，繪里小姐被殺害的事件發生了。當然了，佐竹在當時根本就沒想到這件事和健三有關。直到刑警，也就是我去找佐竹的時候，才覺得有些不大對勁。我問了他為何要選擇邦比宴會設計。聽到這個，他才開始猜想或許健三也和這個事件有關。因為，強制下令感謝派對時要採用邦比宴會設計的不是別人，正是健三。」

「哦，但佐竹不也推薦……」

「健三交代佐竹，佐竹又命令部下的。但是，佐竹卻隱瞞這件事，決定就當成是自己推薦邦比宴會設計的，並觀察事態的發展。因為對他而言，和解決案件相比，抓住健三的把柄更重要。」

「真是個有耐性的人呢。跟德川家康一樣。」

香子把整袋爆米花都搶走了。反而換芝田伸長了手。

「沒過多久由加利小姐也被殺害了。而這又和邦比宴會設計有關。佐竹直覺認為這與健三會不會也有某種關聯。然而自己卻缺少情報來源。因此他決定乾脆和高見俊介做個交易。」

「那一天打來的電話吧。」

就是香子做佛羅倫斯風豬肉的那一天，是鹹了一點啦。

「佐竹想知道的兩件事，為什麼高見要調查健三的過去？以及有關這次的案件知道些什麼。並威脅如果不願意的話，就要把他調查健三的事告訴健三本人。」

「所以高見先生沒辦法，只好答應了。」

「沒錯。不過正因為這樣案件才能夠解決。聽了佐竹的話，我們也確定Higashi的身分就是健三。而且他得到錢的時間一致。問題是要怎麼證明。關於這一點，找到那幅肖像可重要了。錄音帶和肖像畫——解決這次事件的人，可以說是伊瀨耕一。」

「我有問題。」香子舉手，「健三他們怎麼會知道那捲錄音帶的存在呢？」

發車時刻的告示版上，終於出現了九點發車列車的資訊。即便如此，還是有很多時間。

「這是因為，由加利小姐曾經告訴過江崎洋子。」

「由加利小姐？為什麼？」香子拉著芝田的袖子。

「由加利小姐啊，她為了查明繪里小姐死亡的真相，居然想跟江崎洋子做朋友。因為丸本公開宣稱說繪里是他的情人，所以就猜想洋子一定是恨著丸本。但洋子和丸本他們是一夥的，洋子裝出要合作的樣子，實際上是在監視由加利小姐的行動。不久，由加利發現了錄音帶裡的祕密後，就先跟洋子聯絡。只不過這時候似乎沒有說是錄音帶裡有機關，只說是她發現了疑似伊瀨的遺書的東西。」

當時她也想把這事告訴香子，但香子不在家。

「所以由加利小姐就被殺害了。」

「對。那天三點的時候，江崎洋子先到她的公寓去拜訪她。因為這是前一天就約好了，所以由加利小姐也不疑有他。洋子很想要問出遺書的下落，可是由加利小姐唯獨不提這件事。所以洋子就按照原本的計劃，在紅茶裡加入安眠藥，讓她睡著，之後就離開了房間。因為洋子當天還得上班，要是無故遲到的話，反而會招人懷疑。然後呢，接著進來房間的人是丸本。那傢伙在屋裡到處找，卻到處都沒有像遺書的東西。不知如何是好的丸本只好和健三商量，所以健三接著也去了由加利小姐的房間。就在找遺書的時候，由加利小姐醒了過來。」

「之後就被殺了？」

芝田點了點頭，「殺人之後，就鎖上房門逃走了。雖然本人供稱說是一時衝動才殺人，卻很難讓人相信。」

「很難相信呢。」

香子對健三的印象已經徹底改觀。那男的不是會一時衝動的男人。他接近香子一定也是為了收集情報。而且為了去搜香子的房間，還故意把香子約了出去。當時進到房間裡的，果然就是江崎洋子。

「案件是怎樣解決的我已經知道了，接下來我想聽這整個事件為什麼會發生。」

「好啊。」

兩人等待的另一側的月臺，列車進站了。大量的乘客在移動。芝田看著他們，開始說了起來。

事情的開始是健三被斷絕關係的事。他居無定所，在各地浪蕩。而在名古屋定居，則是在三年前，他時常會跑到「華屋」的名古屋分店去，有一次在那裡意外地遇上了一位女性。是他在美國時在毒品派對上看過的日本留學生。在美國遇到的時候，那位女大學生已經被毒品侵蝕得很嚴重了，可是在華屋見到的時候，已經完全恢復，就像另一個人一樣。還聽到她正在與高官的兒子在談婚事。查了一下她的名字，是高見雄太郎的女兒禮子。

健三的腦海裡浮現了一個念頭。他打算用禮子在美國的過去這個把柄去勒索高見雄太郎。然而卻不想自己直接動手，他想找其他人出面，自己再分一半。就這樣，丸本和伊瀨被選上了。健三在丸本在酒館裡喝得爛醉，以及伊瀨在車站前給人畫肖像畫的時候找上了他們。他們的共通點就是都想要有資金。

首先是由丸本加以恐嚇，要了五千萬作為替禮子保守祕密的封口費。高見雄太郎順從地就付了錢。對高見家來講，這點錢不算什麼吧。接著，伊瀨也要了五千萬。雄太郎又帶了錢去，但就在要交給伊瀨的時候，突然覺得這樣會沒完沒了，便揚言要告訴警察。亂了陣腳的伊瀨當時便用繩子殺了他。

伊瀨把錢帶回公寓裡，卻無法忍受心中的恐懼便自殺了。

正好到他的公寓拿錢的健三，發現伊瀨已死，就拿著錢潛逃了。後來也去調查了一下自己是不是被當成指使的人，但最後研判似乎是沒有問題的。

就這樣，健三和丸本各自得到了創業的資金。對健三而言，他想與丸本徹底斷絕關係。但丸本卻不離開，請健三援助邦比宴會設計。無奈之下，健三只好答應。

牧村繪里到邦比宴會設計的時候，丸本幾乎立刻就知道她是伊瀨的戀人。因為他不只聽過名字，伊瀨還整天把照片帶在身上。剛開始時，丸本還以為她是來找自己報仇的，但後來發現事情不是那樣。而且也察覺她是衝著「華屋」的派對而來。

派對進行的時候，繪里如他預料地與健三接觸，約健三八點四十五分到二〇三號房。健三聯絡了丸本，請他和情人江崎洋子一起伺機而動。

前往房間的健三，對繪里勸他喝啤酒的舉動，立刻就感到不大對勁，找機會將杯子對調。其後不出所料，繪里經過了一番痛苦掙扎，氣絕身亡。健三慌張地找丸本商量，製造了不在場證明，而且為了看起來像自殺還製造了密室。

「真是冷酷的男人呢，西原健三。」

香子想起健三的白色西裝，根本看不出來他是會毫不在意動手殺人的男人。

「仔細想想，搜查小組也被他裝出的模樣給矇騙了過去。雖然伊瀨在遺書上提到，他將健三的肖像，眼神描繪得非常銳利，顯然那才是他真實的面目。只不過那傢伙裝瘋賣傻，也不只是這一次而已。」

「什麼意思？」

香子稍稍側著頭看著芝田。

「西原健三似乎從小就一直在扮演小丑。」

芝田把空了的爆米花袋子揉成一團，說道：「妳知道『華屋』的西原正夫社長共有三個兒子吧？昭一、卓二，還有健三。這三人中的一人可能會繼承家業，但實際上健三的兩個哥哥從以前就沒把他放在眼裡。雖然可能是因為年紀差很多，但主要的原因還在他的功課不好。事實上，健三念的學校，和昭一他們的母校比起來等級差了一大截。但健三並不覺得自己不如他的兄長，反而覺得自己才是最適合繼承西原家的人。但他並沒有把自己的野心表露在外，而是自始至終都在扮演著小丑的角色。到時候一定會有機會，他一直忍氣吞聲地等待著。」

「有夠陰鬱的性格。」

香子皺起眉頭，低聲說道。

「裝出墮落的樣子被斷絕關係，也是包含著某種程度的算計。他似乎早就看出，跟優等生比起來，正夫的個性更欣賞有些放蕩不羈的類型。結果就使出這樣的手段，但他有自信斷絕關係也能夠解除。所以在這之後也一邊繼續扮演著笨蛋兒子的角色，一邊偷偷地醞讓局勢徹底逆轉的祕策。」

「什麼啊，那個祕策？」

「妳不知道嗎？妳不是也看到了，那些人工寶石啊。」

「啊……」

紅寶石、藍寶石、亞力山大石——全部都很棒呢。

「昭一先生似乎打算繼續採用穩定保守的經營方式，但健三卻覺得這樣無法讓『華屋』更加壯大。他相信，今後人工寶石正將要像績優股一樣成長。所以他繼續裝成不務正業的笨蛋兒子，一邊慢慢將觸角伸向人工寶石。當昭一發覺的時候，形勢已徹底逆轉，這就是他的偉大計畫。」

「竟然能假裝到這個地步。」

「嗯，因為戴著小丑的面具，本來的效果就很顯著啊。」

——小丑的面具……嗎？

香子回想起跟健三相處的時間。這位充滿野心的三公子，大概是從小就已經本能地領悟到這樣的手段才是最有利的吧。

「還有事情還沒有問呢！」香子想到很重要的事，「高見先生為什麼有需要去調查健三呢？他應該是不知道伊瀨背後的人就是健三吧？」

「啊，這件事啊！」

說完，芝田稍稍避開她的視線，舔了舔下唇。之後這次從夾克的口袋裡掏出了口香糖，問香子要不要。她默默地搖搖頭，催促芝田接著講下去。

芝田把口香糖放了回去。

「高見雄太郎死後，他的獨生女禮子從父親的抽屜裡發現了一些奇怪的東西。是寫給雄太郎的信，內容是如果希望女兒的祕密不被抖出來的話，就要付錢作為交換。看了信的禮子大受打擊，嗯這也是當然的啦。在那之後，就嚴重到變成重度的精神疾病。」

「啊，所以才……」

香子想起在電話裡聽到的禮子的聲音。當時覺得那毛骨悚然，但知道原因後反而覺得相當可憐。

「高見俊介也看到了那封恐嚇信，還看出伊瀨耕一的背後還有誰在指使。因為雄太郎應該已經付了錢，但伊瀨的房間裡卻沒有找到那麼大筆的錢。所以打算想辦法找伊瀨的背後主使者報仇。雖然這麼想，但伊瀨耕一已經自殺就什麼都不知道了，於是高見就到了美國，調查可能知道禮子曾經吸過毒的日本人。」

「結果，健三的名字就出現了吧？」

香子說完，芝田點了點頭。

「但還是不能斷定健三就是主謀。所以他決定徹底挖掘健三的過去。」

「原來是這樣……」

「得知繪里死去的時候，高見直覺認定與高見雄太郎遇害事件有關。因為牧村繪里這個名字，與伊瀨耕一的戀人同名同姓。」

接著就開始接近香子。因為他不想公開禮子的事情，自然就不會去找警察了。

「但禮子這個人……真是幸福呢。」

香子不由得說出這樣的話來。芝田吃驚地看著她。

「高見先生竟然這樣不惜一切地想為她復仇……大概是愛著禮子吧。」

香子小聲說完，芝田深深歎了口氣，輕輕搖了搖頭。然後用兩手的中指按壓著眉頭。

「剛好相反啦。」

「咦？」

「相反啦。」芝田繼續按壓著眉頭，說道：「是禮子愛著高見啦，從很久以前。」

「很久以前？」

「相當久呢。雖然幾年前高見的妻子去世了，但在跟那個妻子結婚之前就開始了。但因為他的結婚，她受了很大打擊，便去了美國。會染上毒癮，也是為了要忘記他吧。」

「這樣啊……」

也就是說，禮子會被捲入這一連串的悲劇之中，全是因為愛著高見的感情。高見知道了這樣的事，一定是無論如何也要為禮子報仇吧。

香子心不在焉地望著月臺上來來回回的人潮。即使聽了這樣的說明，仍像另一個世界的事。

就這麼發著呆的時候，突然前面出現了一個人影，抬頭一看，只見高見俊介帶著溫和的微笑站在那裡。

「你好。」他說。

香子看了看高見的周圍。本來以為會有人跟著他，結果什麼人也沒有，高見將隻身前往名古屋。

「會有一段時間不會回東京吧？」

芝田問道，高見輕輕閉上眼睛，點了點頭。

「嗯，暫時會陪在禮子身邊。她一直把我當成兄長般敬愛。」

「是嗎？」

高見看了看香子，一副說點什麼吧的表情。但香子卻什麼話也說不出口。

高見將乘坐的列車進站了，他也該上車了。周圍的人也忙碌地動了起來。

「請多保重。」

芝田想跟高見握手，高見回握著他的手說：「你也是。」然後他看著香子。

「請妳相信，」高見慎重地開口說道：「我不能否認的確想要利用妳。但是……很開心，真的。」

「我也是。」

說著，香子也伸出手，高見用雙手包著然後握著。他的手相當的溫暖。

「那麼，再見了。保重。」

高見搭上了列車。不久車門關了起來，緩緩開動。香子和芝田站在月臺上，直到列車開遠，到再也看不到。

「金龜婿逃走了。」芝田把手搭到了香子的肩上。

「算了，」香子聳了聳肩，「這一次。」

「這一次？」

芝田的傳呼機響了起來。他露出真受不了的表情，把它按掉。

「又在叫我了，這個錢真難賺。」

「加油了。」

「妳接下來有什麼打算呢？」

「這個嘛……」

香子把手指碰了碰嘴唇，眨了眨眼，「去找個工作吧。」

「是嗎？那麼，陪我走一段吧。」

芝田對著香子彎起了右手手肘。香子微微一笑，挽起了他的手臂。

藍小說157

以眨眼乾杯

作者—東野圭吾
譯者—袁斌
主編—嘉世強
編輯—邱淑鈴
美術設計—朱陳毅
執行企劃—張燕宜
校對—SADA、邱淑鈴
董事長
發行人—孫思照
總經理—莫昭平
總編輯—林馨琴
出版者—時報文化出版企業股份有限公司
10803台北市和平西路三段二四〇號三樓
發行專線—（〇二）二三〇六—六八四二
讀者服務專線—〇八〇〇—二三一—七〇五
（〇二）二三〇四—七一〇三
讀者服務傳真—（〇二）二三〇四—六八五八
郵撥—一九三四四七二四時報文化出版公司
信箱—台北郵政七九～九九信箱
時報悅讀網—http://www.readingtimes.com.tw
電子郵件信箱—liter@readingtimes.com.tw
法律顧問—理律法律事務所　陳長文律師、李念祖律師
印刷—盈昌彩色印刷有限公司
初版一刷—二〇一二年二月十日
定價—新台幣二六〇元
⊙行政院新聞局局版北市業字第八〇號

國家圖書館出版品預行編目（CIP）資料

以眨眼乾杯 / 東野圭吾著；袁斌譯. -- 初版. -- 臺北市：時報文化,
2012.02
面；　公分. --（藍小說；157）
ISBN 978-957-13-5502-3（平裝）

861.57　　101000448

WINK DE KANPAI by Keigo Higashino

Original Japanese edition published by SHODENSHA Inc.
Complex Chinese translation rights arranged with SHODENSHA Inc.
through Timo Associates Inc., Japan.

ISBN 978-957-13-5502-3
Printed in Taiwan